Christian Heinrich Spiess

**General Schlenzheim und seine Familie**

Ein Schauspiel in vier Aufzügen

Christian Heinrich Spiess

**General Schlenzheim und seine Familie**
*Ein Schauspiel in vier Aufzügen*

ISBN/EAN: 9783743353442

Hergestellt in Europa, USA, Kanada, Australien, Japan

Cover: Foto ©Andreas Hilbeck / pixelio.de

Manufactured and distributed by brebook publishing software
(www.brebook.com)

Christian Heinrich Spiess

**General Schlenzheim und seine Familie**

# General Schlenzheim
und
## seine Familie,
ein
### Schauspiel in vier Aufzügen
von Spies,
umgearbeitet und verbessert
von
## Plümicke und Brömmel.

Neue unveränderte Auflage.

Regensburg 1799.
bey Montag und Weiß in Kommission.

# Personen:

König von * * *

General von Wangen.

General von Schlenzheim.

Major von Saalen.

Rittmeister von Erlau.

Frau von Erlau, seine Mutter.

Sophie, seine Frau.

Fritz, sein Sohn.

Lieutenant von Walldorf.

Lieutenant von Bingk, Adjutant.

Wachtmeister Zelle.

Officier mit Rapport und Commando.

Officier von der Wache.

Corporal, Officiere, Auditeur, Wachen, Soldaten,
    Profos, Gefreiter.

Michel, ein Bauer.

Anne, seine Frau.

———————

Der Schauplatz ist bald im Lager, bald in einer
nah gelegenen Stadt; die Handlung fängt früh morgens an.

———————

# Erster Aufzug.

Offner Platz mit Bäumen. An der einen Seite eine Bauernhütte, vor welcher zwey Mann Wache stehen. Im Hintergrunde einige Zelter.

## Erster Auftritt.

### Zwey Schildwachen.

#### Erster Mann.

Diese Nacht war eine der unruhigsten. Ich möchte wohl wissen, was das Kanoniren gegen Mitternacht zu bedeuten gehabt.

#### Zweyter Mann.

Das werden wir bald erfahren. Wahrscheinlich wieder eine kleine Haarcollation zwischen unsern und den feindlichen Piquets. Ich wollte, Camerad! wir wären dabey gewesen.

### Erster Mann.

Ich wollts auch. — Aber schade, daß es zu finster war. Es war eben keine Nacht zum Zahnausbrechen.

### Zweyter Mann.

Wohl nicht. — hm! für die Schurken von Deserteurs desto besser.

### Erster Mann.

Weißt du schon, daß unser Regiment allein schon seit kurzem 30 Bärenhäuter verliert?

### Zweyter Mann.

Laß sie laufen, Camerad! besser Desertion in der Armee, als Krankheit und Sterben. Jenes nimmt blos Taugenichts, dieß hingegen trift auch manchen braven Kerl.

### Erster Mann.

Ja wohl! Wenn man den feindlichen Deserteurs glauben darf, so fallen die Leute bey ihnen, wie die Fliegen. — Apropos! weiß man noch gar nicht, warum gestern früh der Wachtmeister Zelle von Erlaus Schwadron desertirt ist?

## Zweyter Mann.

Nein. Mir ist die Sache unbegreiflich. Er stand in so gutem Ansehen beym Regiment. Ich selbst hätte Leib und Leben für den Schleicher — Halt, Bruder! Ins Gewehr! —

## Zweyter Auftritt.

(Einige Officiers treten auf, gehen auf und ab, bis der Rittmeister Erlau auftritt. Gen. Wangen aus dem Hause.)

**Gen. Wangen.** Guten Morgen, meine Herren! guten Morgen, Herr Rittmeister!

**Erlau.** Ew. Excellenz haben mich rufen lassen?

**Wangen.** Der König will Sie sprechen.

**Erlau.** Der König? Mich?

**Wangen.** Er hat mit höchstem Wohlgefallen von Ihrer gestrigen Bravour gehört, und will Ihnen danken.

**Erlau.** (Mit bescheidner Verwirrung) Ich that nichts, als meine Schuldigkeit, Ihro Excellenz.

**Wangen.** Sie haben Wunder der Tapferkeit gethan. Das feindliche Corps war dreymal stärker, als das Ihrige. Der Terrain äusserst coupirt, und dennoch, unter solchen Umständen, auf eine so entscheidende Art zu siegen, das zeigt von Einsicht und Tapferkeit.

**Erlau.** (Wie vorhin.) Ihro Excellenz!

**Wangen.** Der gefangene General wird sich wohl nicht vorgestellt haben, daß er bey uns Winterquartiere halten soll. Auch scheint er sehr alt, und dem Grabe nahe.

**Erlau.** Er focht mit all dem Feuer eines Jünglings, eh er sich ergab. Seine eigne Spions hatten ihn in meine Falle geführt, indem sie ihm mein Commando als eine sichere Beute schilderten. Er ergriff diese Gelegenheit, sie zum Nutzen seines Monarchen anzuwenden. Daß ich zum Glück für mich wachsam war, daß ich ihn mit der Hälfte seines Corps gefangen bekam —

**Wangen.** War eine Frucht ihrer Tapferkeit, kein Ungefähr. Im Vertrauen! Der König hat für dieses Knopfloch schon etwas in Bereitschaft. Doch erinnern Sie sich, daß der Orden, den Sie erhalten werden, weniger zu einer Belohnung, als zur Aufmunterung gereichen soll.

---

## Dritter Auftritt.

### Michel, Anne, Vorige.

**Michel.** Guten Morgen, Ihr Gnaden! Herr General. Wie gehts? Wie haben Sie geschlafen? — Wenn nur der König bald aufstünde!

**Wangen.** Warum Alter? warum?

**Michel.** Ich möchte gern wissen, wie er in meinem Bett geschlafen hat. O! ich stürbe für Freuden, wenn er zu mir sagte: Michel! dein Bett ist gut (auſſer ſich, zu ſeiner Frau) Anne! liebe Anne! der König schläft heute in unserm Bette.

**Anne.** Der liebe Herr! schon ists 8 Uhr und er schläft noch. Aber ich hab ihm auch aufgebettet, daß sich kein König schämen darf, in unserm Bette zu schlafen.

**Michel.** Glaub mirs der Herr General, ich habe heute Nacht kein Auge zugethan. Den König in seinem Hause, unter seinem Dache, und vollends gar in seinem Bette zu wissen! —— wie kann man da schlafen?

**Anne.** Ja, das ist ein Glück.

**Michel.** Zwanzig Jahr sinds nun, daß mein Testament gemacht ist, aber morgen wirds wieder umgestoßen.

**Wangen.** Weswegen, lieber Alter?

**Michel.** Weswegen? — Sehen Sie, ich habe 10 Söhne, und wenn ich einmal sterbe, so entsteht Mord und Todschlag. Jeder von Ihnen wirds Bett haben wollen, worinn unser gnädigster König geschlafen hat. Also muß ichs wohl näher bestimmen, und es nur einem unter Ihnen vermachen. Jakob solls kriegen, weil der 3 Jahr unter dem Volk gedient hat, und der solls wieder seinem liebsten Sohn vermachen, und so immerfort, damit es bey den Erben des Hanns Michel Lebmanns bleibt. Kein Mensch soll in Zukunft weiter in dem Bette schlafen.

**Anne.** Aber, lieber Michel! Ich habe heute Nacht noch einen andern Gedanken gehabt; du weißt, auf Ostern feyern wir unsere zweite Hochzeit, und da—

Michel. Wollen wir wieder drinn schlafen? hast Recht; und hernach, wenn der Jakob des Wirths seine Liesel heirathet, sollen sie in der Brautnacht drinn schlafen. Kriegen sie einen Buben, so muß er Soldat werden. Wenn er sich denn einmal in einer Schlacht hervor thut, und der König ihn fragt, wie kömmts, guter Freund, daß ihr so brav thut? so soll er ihm antworten: Ew. Majestät— mein Vater und Mutter haben in dem Bette geschlafen, worinn Ew. Majestät vor so und so viel Jahren auch einmal geschlafen haben.

Wangen. (Lacht.)

Michel. Mit Erlaubniß, Ihr Herren! was frühstückt denn der König? Kaffee hab ich nicht; aber Brod, Butter und Milch, wies weit und breit keine giebt. Reden sie ihm doch zu, daß er sie nur kostet, das wäre eine neue Freude für uns. (geht gegen das Haus) Sieh nur Anne! sieh zwey Schildwachen vor unserm Hause. Ich werde noch närrisch vor Freuden. Präsentirt ihr Herren!

Ich bin des Königs sein Wirth. Ihr Gnaden, Herr General! laſſen Sie doch einmal die Herren vor mir präſentiren.

**Wangen.** (Lächelnd) Das geht nicht ſo, mein Freund, das geht nicht.

**Michel.** Warum nicht? Ich dächte, wenn der König in meinem Bette ſchläft, ſo könnten Sie auch wohl einmal vor mir präſentiren laſſen.

**Wangen.** (Näher zu den Officieren) Warum ſollt ich ihm bey ſeiner ehrlichen Einfalt dieſe Freude verſagen; (zur Wache, beyſeite) Seys! vor mir ſelbſt. (Wache präſentirt.)

**Michel.** (voller Freuden) Sieh nur Anne! ſieh! merk dirs, du mußt mirs auf den Sonntag im Wirthshauſe atteſtiren, daß ſie vor mir präſentirt haben (indem er ins Haus geben will) Servteur, ihr Herren! Servteur. (man hört Feldmuſik) Was iſt das?

**Wangen.** Der König iſt aufgeſtanden?

**Michel.** Was? da muß ich laufen. (mit Anren ab.)

**Wangen.** (will ihm folgen.)

## Vierter Auftritt.

Vorige. Officier mit Rapport.

**Wangen.** (kehrt um) Was bringen Sie?

**Officier.** (Ueberreicht ein Papier) An seine Majestät.

**Wangen.** Von wem?

**Officier.** Vom General Thurneisen.

**Wangen.** Nur her! ich habe Ordre! (nachdem er gelesen zu den Umstehenden) Der Feind hat gestern um halb zwölf Uhr in der Nacht die Mühldorfer Anhöhe occupiren wollen. General Thurneisen hat ihn aber mit Verlust zurück geschlagen und 70 Mann nebst 3 Officiers zu Gefangenen gemacht.

## Fünfter Auftritt.

Vorige. König, Michel, Anne, Officiers.

**König.** Das heißt geschlafen! schon über 8 Uhr! Michel! Ich bin mit Eurem Bette übel zufrieden.

**Michel.** (erschrocken) Wa — warum?

**König.** Es war zu gut für einen Soldaten, und hat mich zu lange aufgehalten.

**Michel.** Ach, wenns nur das ist! Schon hat's mich recht erschreckt, Herr König.

**König.** (zu Wangen) Nichts neues vorgefallen?

**Wangen.** Eben sind vom General Thurneisen Rapporte eingekommen. (übergiebt sie.)

**König.** (liest solche) Hm! — recht brav, Thurneisen! recht brav — (gegen Gen. Wangen) Wie es scheint, werden wir dießmal keine ruhige Winterquartiere haben. — Ist der Rittmeister hier, der sich gestern so tapfer gehalten?

**Wangen.** Ja, Ihro Majestät!

**König.** Brav, mein Lieber! er hat sich gestern sehr tapfer gehalten.

**Erlau.** Ich that meine Pflicht, Ihro Majestät!

**König.** Wohl! — und die meinige ist, ihn dafür zu belohnen. (indem er ein Kästchen öfnet, das herbey gebracht wird) Trag er dieß zum Andenken seines Muths (reicht ihm einen Orden) und meiner gnädigsten Gesinnung.

**Erlau.** Ich bin unfähig, Ew. Majestät zu danken. Nur der Tod soll mir dieß Zeichen der Huld meines Monarchen rauben.

## Sechster Auftritt.

### Vorige. Lieut. Bingk.

**König.** Was ists? was giebts?

**Lieutn. Bingk.** Der feindliche General, der gestern gefangen worden, wünscht sehnlich, Ew. Majestät zu sprechen.

**König.** Führ er ihn her. (Lieut. ab.)

---

## Siebenter Auftritt.

### Vorige. (auffer Lieutn. Bingk.)

**König.** (wieder zu Erlau) Ist er schon lange Rittmeister?

**Erlau.** Ich bin der jüngste beym Regiment.

**König.** Das thut nichts. Die erste erledigte Majorsstelle bey der Cavallerie gehört ihm (zu Wanzen) Das ist mein Wille!

**Erlau.** Ew. Majestät werden gnädigst verzeihen, wenn ich diese zu große Gnade verbitten muß.

**König.** Warum? warum?

**Erlau.** So vielen würdigen Männern vorgezogen zu werden, verdien ich nicht. Es fehlte ihnen blos an Gelegenheit, eben das und noch mehr zu thun, als ich that. Alle denken, wie ich, und alle sind bereit, ihr Leben für Ew. Majestät aufzuopfern.

**König.** Wohl denn! seine Bescheiden-heit gefällt mir; Ich will mich seiner erin-nern, ohne seine Freundschaft gegen seine Ka-meraden zu verletzen. Wie ist sein Name?

**Erlau.** Erlau, Ihro Majestät.

**König.** (nimmt den Hut ab. Erlau ab.)

---

# Achter Auftritt.

Vorige. (ohne Erlau.) **Schlenzheim, Bingk.**

**König.** (zu Schlenzheim.) Nun, Herr Ge-neral, wie gefällts Ihnen bey mir?

**Schlenzh.** Sehr schlecht, Ihro Majestät.

**König.** Wie so?

**Schlenzh.** Es fehlt mir das Beste.

**König.** Die Freiheit?

**Schlenzh.** Nein, Ihro Majestät! die kann ich nicht verlangen, und die wird mir mein Monarch schon wieder schaffen, weil ich sie nicht muthwillig verscherzt habe. Ich stürzte, und war ausser Stande, mich zu ver-

theidigen — Aber, was mir abgeht, und
warum ich Ew. Majestät unterthänigst zu
bitten komme; ist mein Degen. Schon
55 Jahr trag ich ihn, hab ihn nie von mir
gelegt und werde Schamroth, wie eine Jung-
fer, wenn ich so nach der Seite hin seh und
ihn nicht erblicke. Er war meine Frau,
mein Kind, mein Alles. O! ich schäme
michs zu sagen, aber gestern, als man mir
ihn nahm, hab ich geweint, gleich einem
Kinde.

**König.** (reicht ihm seinen eigenen) Hier, braver Mann.

**Schlenzh** (ohne ihn zu nehmen) Eine große
Gnade, Ihro Majestät! — aber der Meinige wäre mir doch lieber. Wir sind einander schon gewohnt; haben schon so man-
ches miteinander probirt. — Die Wahrheit
zu sagen, so schön dieser hier auch seyn mag,
so wird er doch zu leicht seyn für mich.
Hieb und Fall zugleich, Ew. Majestät'— das
ist so meine Sache.

**Lieut. Bingk.** Hier ist der Degen des
Herrn Generals.

**König.** Wollen wir nun wieder tau-
schen?

Schlenzb. Mit Vergnügen! (küßt den Degen einigemal.)  Komm du lieber treuer Ge-
fährte! Wohl mir, daß du wieder mein bist!
Zwar darf ich dich nicht brauchen, aber du
bist doch bey mir, kannst mich wieder unter-
halten, wie sonst. — Früh Morgens Ew.
Majestät! wenn ich aufstehe und an den
Gott denke, zu dem ich bald kommen werde,
so ist dieser Degen mein Gebetbuch. Ich
steck ihn da vor mir hin, knie nieder und
danke dem Schöpfer, daß er mich durch Hülfe
dieses treuen Gefährten so mancher Gefahr
entriß. Will ich mir des Abends die lange
Weile vertreiben, so leg ich ihn auf meinen
Schoos, beseh seine Scharten, und denke mich
ins Gewühl der Schlacht zurück — bis ich
drüber einschlummere.


König. (bey Seite) Ein seltner Mann! —
Wollten Sie nicht den Rest Ihrer Tage bey
mir zubringen? Ich würde alles thun, sie
Ihnen angenehm zu machen.


Schlenzb. Es beliebt Ew. Majestät eines
alten Kriegers zu spotten. Hab ich Ihnen
Anlaß zu dieser Frage gegeben? — Ich bin
Patriot! — 77 Jahr war ich meines Königs

nigs treuer Unterthan und mag ihm im 78sten nicht untreu werden.

**König.** Das sollte Sie nicht beleidigen, mein Lieber. Ich wollte Sie ganz kennen lernen, und da ich Sie nun kenne, und Sie solche Sehnsucht nach Ihrem Monarchen hegen — so wärs ja wohl ungerecht, diese Sehnsucht nicht zu befriedigen. Sie sind von jezt an frey, nicht mehr mein Gefangener, sondern können noch heute zu ihrem Monarchen zurück reisen. Empfehlen Sie mich Ihm; — wir werden, so Gott will, vielleicht bald Freunde werden.

**Schlenzh.** Ich danke Ew. Majestät für diese großmüthigen Gesinnungen; aber erlauben Sie mir, daß ich bleiben darf, so lang mein König es haben will. Er wird mich schon ranzioniren, und das bald, wenn er hört, daß sein alter Schlenzheim gefangen ist. Aufrichtig zu reden: Meines Königs Feinden darf ich keine Verbindlichkeit schuldig seyn. Meine Pflicht gehört ganz meinem Könige.

**König.** (zieht seine Schreibtafel heraus.) Wie heißen Sie? ich muß mir Ihren Namen besonders merken.

Schlenzh. Seit 20 Jahren heiß ich, durch die Gnade meines Königs, Baron von Schlenzheim und habe durch eben diese Gnade die Güter einer verstorbenen Familie dieses Namens geerbt. Vorher hieß ich Erlau.

König. (aufmerksam) Erlau! (zu Wangen) Hieß der Rittmeister, den ich vorhin sprach, nicht auch Erlau?

Wangen. Ja, Ihro Majestät.

König. Ich habe unter meiner Armee auch einen Erlau. Vielleicht ist er ihr Verwandter.

Schlenzh. Schwerlich. Denn von meiner Familie bin ich nur allein noch übrig.

König. So, waren Sie nie verheirathet?

Schlenzh. Wars, Ihro Majestät! wars! hatte Weib und Sohn; aber beide wurden ein Opfer des englischen Kriegs vor ungefähr 22 Jahren. — Wenn ich dran denke, so wird mirs immer dunkel vor den Augen.

König. (zu Wangen) Seine Erzählung bringt mich auf Muthmaßungen. Was für ein Landsmann ist unser Erlau?

Wangen. Er ist kein Einländer, Ew. Majestät! so viel ist mir bewußt; wofern aber Ew. Majestät eine genaue Auskunft verlangen —

**König.** Ja, laßen Sie Ihn sogleich rufen! — Ich würde mich glücklich schätzen, wenn ich Ihre Gesangenschaft durch eine Entdeckung versüßen könnte. Vielleicht ist dieser Erlau Ihr Anverwandter? Vielleicht gar ihr Sohn?

**Wangen.** (hat unterdessen den Lieutenant Bingl nach dem Erlau geschickt.)

**Schlenzb.** Unmöglich, Ew. Majestät. Ich war damals Rittmeister. Wir wurden von den Engländern überfallen, und das Haus, in dem ich und meine Frau schlief, in Brand gesteckt. Meine Leute sahens selbst, wie die Feinde meine Frau und Sohn niederhieben.

**König.** Hatten Sie denn Ihre Frau im Felde bey sich?

**Schlenzb.** Ich lag im Winterquartiere; sie besuchte mich mit meinem Sohn, der damals 5. Jahr alt war. — Ich wurde bey dieser Attaque schwer verwundet, entkam durch ein Wunder dem Tode; und da die Feinde den Ort 9 Monate occupirt behielten, so hatte ich nicht einmal die Beruhigung, sie begraben zu laßen, oder zu erfahren, wo man sie hinbegraben hat. — Wahrscheinlich sind beide mit verbrannt.

# Neunter Auftritt.

### Vorige. Erlau.

**König.** Tret er näher! Er heißt Erlau?

**Erlau.** Ja, Ihro Majestät!

**König.** Wer war sein Vater?

**Erlau.** Rittmeister unter den feindlichen Truppen, und ward im englischen Kriege erschossen.

**Schlenzh.** Was? was?

**König.** (lächelt) Da werden wir wohl eine Entdeckung machen.

**Schlenzh.** Sie, mein Herr! Sie wären ein Erlau? Sohn eines Rittmeisters? Sie? — Ihr Gesicht? Ihre Bildung? — Wer war Ihre Mutter? Wie Ihr Name, ehe Sie mich — oh, als ob ichs schon wüßte — ehe sie den Rittmeister heirathete?

**Erlau.** Meine Mutter ist eine gebohrne Liebstein.

**Schlenzh.** Sohn! Sohn! (umarmt ihn) Du bist mein Sohn! Ja, Erlau, du bists! Ihro Majestät! es ist mein Sohn. (zu Wangen) Herr General! es ist mein Sohn.

**Erlau.** Wie? unmöglich! mein Vater ward erschossen, ist längst tod.

**Schlenz.** Nicht wahr, sag ich dir! nicht wahr! er lebt noch, steht vor dir! warst du doch auch verbrannt und bist wieder da! ach, wie mich das jung macht! — Fritz! liebster, bester Fritz! — nicht wahr, so heißt du ja!

**Erlau.** Ja, aber —

**Schlenz.** Bist mein Fritz! mein Sohn! aber — bist ja so stumm? freust dich nicht? Dein alter Vater weint Thränen der Freude, und du —

**Erlau.** Gott im Himmel! sollt es möglich seyn? Sie mein Vater? Woher aber? — Seit 22 Jahren verloren, und nun wieder gefunden! Ich kanns nicht fassen. Vater! Vater! (fällt ihm zu Füßen) wenns kein Traum ist, so ist dieser Tag der glücklichste meines Lebens.

**Schlenz.** O Sohn! Sohn! Ich kann mir nichts anders denken, als nur dich, Sohn! (drückt ihn an sich.) Ich sollte dich aufheben; aber bleib knien! es thut meinen alten Füßen so wohl, sich von den Armen eines Sohns erwärmen zu lassen. — Haben Ew. Majestät keine Kinder? o heirathen Sie geschwind! Dieß Gefühl ist mehr, als 6 Königreiche werth! — Fritz! warum stehst du mich so an?

**Erlau.** Sie sind, was ich erst jezt sehe, nicht von den unsrigen, mein Vater. Sie sind ja — —

**Schlenzh.** Und du nicht von meines Königs Kriegern? bist du doch in seinem Lande gebohren — aber es thut nichts, thut nichts. Bist doch mein Sohn! (hebt ihn auf) Hast einen Orden! Wann hast du dieß Band erhalten?

**Erlau.** Heute. Erst diesen Morgen, von der Gnade meines Königs — weil ich gestern das Glück hatte —

**Schlenzh.** Was, was? Bey Gott! er ists, der nemliche, der mich gestern gefangen, und mir meinen Degen nahm. Und das thatst du? Das hat mein Sohn thun können? Geh, geh weg von mir; bist mein Sohn nicht! Ihro Majestät, er ist mein Sohn nicht.

**König.** Warum, guter Alter? Er hat seine Schuldigkeit gethan.

**Schlenzh.** Seinem alten Vater die Schande zu machen, ihn in seinem 78sten Jahr gefangen zu nehmen — das konnt ein Sohn thun? — Mir, altem Manne den Degen zu nehmen? pfui, pfui! ich hab dich nicht mehr lieb! mußt dich mit mir schlagen! — Du hast mich beschimpft — bist mein Sohn nicht.

**König.** Sie handeln sehr ungerecht, Herr General! Wenn Sie Ihn nicht für Ihren Sohn erkennen wollen, so will ich ihn als den meinigen annehmen.

**Schlenzh.** Was, Ihro Majestät? was? mir meinen Sohn nehmen? — Nein, er ist mein Sohn! Geh her Fritz! ich verzeih dirs! bist mein Sohn! nimm mich noch einmal gefangen; aber eh ich dich mir rauben lasse, so verzeih ich dirs lieber.

**Erlau.** Bester Vater! Sie kennen die Rechte des Krieges. —

**Schlenzh.** Schon recht. Ein rechtschaffner Soldat muß Vater und Mutter verlassen, und an seinem Weibe hangen! (schlägt an den Degen) — Sieh, Fritz! wenn ich ausgewechselt werde, und es giebt noch länger Krieg, so jag du keck auf mich zu, nimm mich wieder gefangen— Nota bene, wenn du mich kriegst. Aber das schwör ich dir im voraus, so leicht bekömmst du mich nicht wieder. Hast du auch Wunden?

**Erlau.** Zwey, mein Vater! und alle beide am rechten Arm.

**Schlenzh.** Nun, wird werden! wird werden! Für einen jungen Anfänger immer genug! hast aber noch eine Weile zu thun, ehe du mir gleich kommſt. Jch hab ihrer 17, und alle vorne, hm! wie doch das Schickſal ſo ungerecht iſt! Ein junger Lecker mit 2 Narben nimmt ſo einen alten Practicus gefangen! aber hat nichts zu ſagen; biſt doch mein Sohn! Verzeihen Ew. Majeſtät! daß wir Jhre Geduld ſo mißbrauchen. Vielleicht muß ich bald wieder zu meinen Kameraden zurück. Erlauben Sie mir alſo, Jhnen hiermit meinen Sohn zu übergeben. Halten Sie ihn gut, es wird Jhr Schade nicht ſeyn! Denn ſehen Jhro Majeſtät, mein Stamm war ſtets gute Art! trefliche Art! Laſſen Sie die Art nicht ausgehen! Laſſen Sie ihn heirathen! ſo viel er Buben kriegt, ſo viel hat ihr Thron einſt brave Soldaten.

**Erlau.** Jch bin ſchon verheirathet, mein Vater! habe ſchon einen Sohn.

**Schlenzb.** Was? du haſt einen Sohn? ich einen Enkel? bin Vater! bin Großvater! — o guter Gott! das iſt zu viel auf einmal! Jch — ſchon Großvater? wo iſt er denn? wo iſt er, dein Sohn? Laß ihn herkommen! und wenn er in Konſtantinopel iſt, und wenn es 20000 Thaler koſtet. Laß ihn kommen, der Großvater zahlts.

**Erlau.** Und was ihre Freude vollkommen machen wird, — meine Mutter, Ihre Wilhelmine! Ihre Frau lebt auch noch.

**Schlenzh.** Sie lebt noch? — wie? Einen Sohn, einen Enkel! eine Frau! (indem er den Hut abnimmt, den er in der Hitze des Gesprächs aufgesetzt) Gott! verleihe mir Verstand. Das ist zu viel für diesen alten bleßirten Kopf. Aber fort, laßt mich hin zu ihr! wo ist sie? wo?

**Erlau.** (hält ihn zurück) Nicht weit von hier in Obstetten, da lebt sie bey meiner Frau, die ihr ihre Tage zu versüßen sucht.

**Schlenzh.** O wär ich doch jezt nicht gefangen! könnt ich doch hinfliegen zu ihr! sie muß schon sehr alt, wenigstens schon 58 seyn! Nun, guter Gott! mein König wird lachen, der wird lachen, wenn ich komme, um seinen Consens anhalte und ihm ein 60 jähriges Mütterchen als meine Braut vorführe. O meine Wilhelmine! — Laß beide herkommen, Sohn, Frau und Enkel. Ich muß sie sehen.

**König.** Sie sollen sie sehen — (zu Erlau.) Mein lieber Rittmeister! Er soll auf meinen Befehl 4 Tage Urlaub erhalten, und Sie, Herr General, weil sie doch keine Gefälligkeit von mir annehmen wollen, so sey Ihnen

Obstetten zu Ihrem Prisonnirungs-Quartier
bestimmt. Sie können den Augenblick abreisen, und bis zu ihrer Auswechslung dort
verbleiben. Ich mache mir ein Vergnügen
daraus, zu Ihrer Freude etwas beytragen
zu können.

**Erlau.** Unterthänigsten Dank, Ew. Majestät!

**Schlenzh.** Auch den meinigen. Bey Gott!
Sie sind ein guter König! nach meinem der
Beste, den ich kenne. Ich gebe hiemit mein
Ehrenwort, daß ich die mir gnädigst vergönn-
te Freyheit nicht mißbrauchen will.

**König.** Ich beurlaube Sie also, so gern
ich Sie auch noch länger bey mir sähe. Leben Sie wohl, und reisen Sie glücklich.

**Schlenzh.** Dank, großer König! Dank —
Komm, Sohn! — Denken Ew. Majestät
selbst: 22 Jahre getrennt, und jezt! jezt!
Wenn doch schon da wäre, wenn doch schon
da wäre! (mit Erlau ab)

**König.** Dieß war eine der vergnügtesten
Morgenstunden meines Lebens. Und nun —
wo sind meine Wirthsleute? (Michel und Anne
treten hervor) Wie siehts aus? Was haben wir
zum Frühstück?

**Mich.** Alles, was ich, meine Frau, meine Kinder, Kühe und Schafe vermögen, steht zu des Herrn Königs Befehl.

**Anne.** Ja, alles! Milch, Käse, Butter und Brod!

**König.** Also! Butter und Brod. (zu Wansen) Ich will diesen Vormittag den Cordon visitiren. Sie und die beiden Generals, Engfeld und Leiniz, sollen mich begleiten — noch eins, mein lieber Michel —

**Mich.** (Der einige Schemel um einen kleinen Tisch sezt, indeß Anne Butter, Brod und Milch aufsezt) Da bin ich.

**König.** Ihr habt mich heute so treflich bewirthet, dieß erfodert meinen Dank! bittet Euch eine Gnade dafür aus.

**Mich.** Eine Gnade? Ja, was denn? — Grösser Gott! was soll ich denn bitten? Erlauben Ew. Majestät, Herr König nur, daß ich meine Frau drüber fragen darf.

**König.** Nun, Michel! was sagt sie?

**Mich.** (Der mit Annen gesprochen) So sag doch, was ich begehren soll?

**Anne.** Ich weiß ja nichts.

**Mich.** Ach jezt fällt mirs ein! Nun hab ichs, Ihro Majestät! Mein Sohn Jakob soll in kurzem heurathen, und wenn Gott seine

Ehe segnet, so erlauben Sie uns, Herr König, daß wir Sie zu Gevatter bitten dürfen.

**König.** (Lächelnd) Recht gern! — und hier (indem er ihm eine Rolle Geld giebt) ist im voraus das Pathengeld!

**Mich.** O weh! o weh! Ihr Majestät, Herr! König, das ist zu viel! (er macht auf) Anne! Anne! lauter Dukaten.

**Anne.** Dukaten! ach Gott mir wird ganz übel für Freuden.

**König.** Jetzt, meine Herren zum Frühstück! (indem sie sich setzen wollen, wird Feuerlärm geschlagen. Lieutenant Bingk kommt eiligst.)

## Eilfter Auftritt.
### Vorige. Lieut. Bingk.

**Bingk.** Ew. Majestät! Das große Magazin brennt.

**König.** Was? wie?

**Bingk.** Es muß angelegt seyn. Die Flamme ist, wie man hört, an drey Orten zugleich ausgebrochen.

**König.** Entsetzlich! geschwind mein Pferd vor. Ich will selbst hin. (alle in größter Eil ab.)

Ende des ersten Aufzugs.

# Zweyter Aufzug.
## Obstetten.

---

Ein gut meublirt Zimmer.

---

# Erster Auftritt.
## Sophie. Fritz. Fr. v. Erlau.

**Fritz.** (mit gefalteten Händen) Bitte, bitte, liebe Mama!

**Soph.** Aber sag mir nur, was du mit dem Gelde machen willst?

**Fritz.** Einen Husaren will ich mir kaufen.

**Fr. v. Erl.** Nun so gieb ihm doch nur ein paar Groschen.

**Soph.** Aber wie lange wirds dauern, so haut er dem Husaren den Kopf ab, und kommt, und plagt mich von neuem. Ich müßte für den Buben eine eigne Münze anlegen, wenn ich ihm in allem seinen Willen thun wollte.

**Fr. v. Erl.** So laß ihm doch seine Freude.

**Soph.** Nun da, kleiner Plagegeist. (giebt ihm Geld.)

**Fritz.** Bedank mich, liebe Mama! — (geht zur Frau v. Erlau) Bitte, bitte, Großmama!

**Fr. v. Erl.** Was willt du denn, mein Engel?

**Fritz.** Ich getraue mirs nicht zu sagen; aber Sie verstehen ja selbst den Krieg. Mit einem Husaren ist mir nicht geholfen; ich muß wenigstens 2 haben, um Bataille zu spielen. Wenn Sie also —

**Soph.** Nein, nein! den andern Husaren kannst du selbst machen. Sieh, Fritz! Wir brauchen das Geld nöthiger. Im Felde ist theuer leben, und dein Vater kann nicht immer schicken.

**Fritz.** Ja, wenn das ist, so will ich lieber nicht spielen. Da, liebe Mama! haben sie das Geld zurück. Ich weiß schon, was ich thue; ich mache mir 2 Husaren von Papier.

**Soph.** Nun, behalte nur das.

**Fr. v. Erl.** Und weil du so ein gutes Herz hast, so schenk ich dir was, damit du dir noch einen kaufen kannst. Jetzt geh! aber nimm dich in Acht und fall nicht.

**Fritz.** Juch he! nun will ich recht Bataille spielen.

# Zweyter Auftritt.
## Fr. v. Erl.   Sophie.

**Fr. v. Erl.** Das wahre Ebenbild seines Vaters; der macht es in seinem Alter just so. Was er wohl jezt macht? Wie er sich befinden mag?

**Soph.** Morgen ist Posttag, morgen bekommen wir gewiß Briefe. Wenn ihn uns nur der Himmel gesund wieder schenkt. Aber, liebe Mutter! ich bin recht in Angst. Peter sagt: er hätte gestern von weitem kanoniren gehört. Da war mein Mann gewiß wieder dabey, denn die Dragoner und Husaren müssen immer überall voraus.

**Fr. v. Erl.** Sey unbesorgt! Gott! wird ihn schon schützen! — Gieb Acht. Es wird gewiß bald Friede.

**Soph.** O! wenn das wäre! Ich wünsch es wenigstens herzlich. Denn sie selbst sind Zeuge, ob ich seit den 5 Jahren, da es Krieg ist, nur eine einzige ruhige Stunde gehabt. Alle Nächte quälen mich angstvolle Träume, und diese Nacht so gar — — —

**Fr. v. Erl.** Es ist wahr, du hast ein paar mal im Schlaf aufgeschrien; ich war schon im Begriff, dich zu wecken.

**Sophie.** Daran sind Sie Schuld, liebe Mutter! Sie haben mir da gestern Abend wieder die Affaire erzählt, wo Sie gefangen, und Ihr seliger Mann erschossen wurde; und das ist mir die ganze Nacht nicht aus dem Sinne gekommen.

**Fr. v. Erl.** Ich hoffe, daß du nun von deinem Vorsatz abstehen wirst, deinen Mann im Winterquartiere zu besuchen; deswegen hab ich dir meine Geschichte erzählt.

**Soph.** Ich habs wohl gemerkt, aber, liebe Mutter, das hält mich nicht ab. Ich hab ihn so lange nicht gesehen; und jetzt — so nahe bey ihm.

**Fr. v. Erl.** Aber denk nur; sie stehen im Lager, und da würde sichs ja nimmermehr schicken.

**Soph.** O meine liebe Mutter! Die Liebe fragt nicht, ob sichs schickt? sie verlangt; und ihr ist jede Gelegenheit recht, bey der sie dieß Verlangen befriedigen kann.

**Fr. v. Erl.** So wart wenigstens, bis sie in die Winterquartiere rücken, das muß ja bald geschehen.

**Soph.** Wer weiß, wie weit er hernach wegzuliegen kommt, vielleicht ins Feindes Land, und hernach kann ich wieder nicht zu ihm. Nein, nein! ich reise noch heute, und will ihn wenigstens nur sehen — nur Eine Minute lang umarmt halten.

**Fr. v. Erl.** Klopft da nicht was?

---

## Dritter Auftritt.

### Vorige. Erlau, Schlenzheim.

**Sophie.** Um Gotteswillen! mein Mann, mein Mann!

**Fr. v. Erl.** Je, Fritz! wo kömmst du her?

**Soph.** (fällt Erlau in die Arme) Tausendmal willkommen! theuerster, bester Mann! Die Freude hätt ich mir heute nicht eingebildet.

**Fr. v. Erl.** Marschirt ihr etwa hier durch? Nu, grüß dich Gott! lieber Goldfritze! du siehst ja, wies Leben aus.

**Erl.** Wie freu ich mich, dich, meine Beste, zu sehen! dich nach so langer Zeit wieder an mein Herz zu drücken. — Wie ists Euch denn gegangen? Wie habt Ihr Euch befunden?

**Soph.** Wies einem gehen kann, wenn man sein Kostbarstes in steter Gefahr weiß. Wir haben gelebt, wie die Nonnen, und unsre Tage in die nöthige Arbeit und ins Gebet um deine Erhaltung vertheilt — Wie lange kannst du denn bey uns bleiben?

3

**Erl.** Ich bleibe vier Tage hier. Ich habe auf so lange Urlaub.

**Soph.** O das sollen mir Tage der Freude seyn.

**Schlenzh.** (heimlich zu Erlau.) Ist denn das Mütterchen dort meine Frau?

**Erl.** Ja!

**Schlenzh.** (vor sich.) Hm! — Ist brav zu sammen geschrumpft! ist recht alt geworden! natürlich aus Kummer über mich! Aber thut nichts! Ist doch meine Frau! werd sie lieb haben — wenn ich sie nur schon umarmen könnte.

**Soph.** Weißt du, daß ich heute schon in Begriff war, ins Lager zu kommen. Dich s nah zu wißen und nicht gesehen zu haben das hätt ich mir selbst nicht vergeben könne Aber gedacht hab ichs doch immer bey mi selbst; wenn er abkommen kann, besucht e dich gewiß: und meine Ahndung ist einge troffen! Dank, mein Bester! Dank dafür (umarmt ihn.)

**Fr. v. Erl.** Bester Sohn! (umarmt ihn auch.

**Schlenzh.** (vor sich.) Wenn ich doch er das Quartet dazu machen könnte!

**Fr. v. Erl.** (zu Erlau.) Aber wer ist den der Herr?

Schlenzh. (vor sich) Ach! jezt kommt die Reihe an mich.

Erl. Es ist ein guter Freund von mir. Er hoft, daß die Mama so gütig seyn, und ihm heute Nachtlager geben werden.

Fr. v. Erl. Von Herzen gern — Seyn Sie uns recht schön willkommen. (reicht ihm die Hand.)

Schlenzh. Ihr Diener, Madame! (seitwärts) Wie das pocht! Standhaft, alter Kerl! standhaft! Wenns so fort geht, so fall ich ihr, eh eine Minute vergeht, um den Hals.

Fr. v. Erl. Aber Ihrer Uniform nach zu urtheilen, sind Sie keiner von den unsrigen? sind vielleicht desertirt?

Schlenzh. Ich — desertirt? Pfui, Madame! pfui! (vor sich) Mir das zu sagen! Ich, alter Kerl, ein Deserteur? (zu Erlau heimlich) Und das soll meine Frau seyn? bey Gott! es ist nicht möglich!

Soph. Verzeihen Sie, mein Herr! wir haben Sie noch nicht willkommen geheißen! aber die Freude, meinen Mann aus den Gefahren des Kriegs wieder zu sehen —

Schlenzh. Keine Umstände mit mir. Nur zu, nur zu! Ich seh es recht gern, wenn sich ein paar Eheleute lieben! zu unsern Zeiten

ists was seltnes! Geniren Sie sich nicht,
Mes Dames! nur bitt ich mirs aus, mich nicht
mehr für einen Deserteur anzusehen.

Erl. Wo ist denn mein Kleiner? Ich
wuste ja, daß mir zu meiner Freude noch et
was abgieng.

Soph. Er wird gleich kommen. Er is
nur gelaufen, sich Spielzeug zu holen.

Erl. Mama! Dieser Herr hat meinen
Vater gekannt, war mit ihm unter einen
Regiment.

Fr. v. Erl. Was? Das wäre! Ach um
Himmels willen! Sie haben den seligen Er
lau gekannt? den kreuzbraven Mann! Je
seyn Sie mir erst tausendmal willkommen
Setzen Sie sich doch! Sie werden müde seyn
(holt Stühle) Setzt Euch, Kinder! setzt Euch
Erzählen Sie mir doch etwas von ihm! ro
seinem Tode! Verzeihen Sie, ich muß stet
weinen, wenn ich von ihm rede.

Schlenzh. (vor sich) Und ich werde gleic
Compagnie leisten.— Das brave Weib! i
doch meine Frau! hats mit dem desertire
wohl nicht so übel gemeint.

Fr. v. Erl. Nun, lieber Herr! reden Si
reden Sie! kehren Sie sich nicht dran, wen
ich weine— ach ich weine so gern um ihn.

**Schlenzh.** Haben Sie ihn denn so lieb gehabt?

**Fr. v. Erl.** O Gott! wie Sie nur fragen können! so lieb, wie meine Seele! und noch! wenn ich ihn aus seinem Grabe scharren könnte, ich wollts gerne thun, und würde, so alt und schwach ich auch bin, es gewiß zu Stände bringen. Aber sehen Sie; nicht einmal sein Grab zu wißen, nicht darauf weinen zu können — o das schmerzt mich am meisten.

**Schlenzh.** (vor sich) In keiner Bataille ist mir so zu Muthe gewesen. — (zu ihr) Diesen Schmerz will ich Ihnen benehmen. Ich weiß, wo er begraben liegt.

**Fr. v. Erl.** Das wißen Sie? o sagen Sie, wo? — Kinder? Der Herr weiß, wo euer seliger Vater begraben liegt.

**Schlenzh.** (vor sich) Sie macht mich noch bey lebendigem Leibe selig.

**Fr. v. Erl.** Und wenns hundert Meilen weit ist, so will ich hin wallfahrten und Abschied von seinen Gebeinen nehmen. (weint.)

**Schlenzh.** (springt auf, vor sich) Halt das aus, wer kann, ich nicht! — (zum Erlau.) Bereite sie vor! Ich muß hinaus. Ich muß Luft haben. (will fort.)

## Vierter Auftritt.

### Vorige. Fritz.

**Fritz.** (Noch unter der Thüre, mit 2 Husaren in der Hand, stößt sie zusammen) Pif, paf, puf! hau zu! wehr dich! gieb dich gefangen! (sieht den Rittmeister, wirft die Husaren zur Erde und springt zu ihm hin) Papa, Papa da? ach lieber Papa!

**Schlenzh.** Was? das ist dein Sohn? mein Enkel? (stößt alle weg) Komm her, Junge komm her! (nimmt Fritzen auf den Arm) Bist mein Enkel! bin dein Großpapa! ja, ja, dein Groß papa! (läuft mit ihm herum) Spielst mit Husaren? hast recht! bist mein wahres Blut! bi mein Enkel! (küßt und drückt ihn.)

(Alle stehn erstaunt und unbewegt bis auf Erlau.)

**Schlenzh.** (Seiner Empfindung ganz überlaße indem er mit Fritz im Zimmer herumläuft) Juhe. Ich bin stark und jung. Habe einen Sohn eine Frau und einen Enkel! Ja, ja, Bube Ich möcht dich tod drücken! küß mich doch so, so, schling deine Hände um meinen Hals Ach, wie das wohl thut! das giebt Stärke

**Soph.** Um Gottes willen, lieber Mann was bedeutet das?

**Fr. v. Erl.** Sohn! der Mann ist ver rückt.

Schlenzh. Ja, staunt mich nur an! ich bins!, bin der alte Erlau. — Frau! Wilhelmine! Ich bin dein seliger Mann! komm in meine Arme!

Fr. v. Erl. Wie? Gott! Ja, er ists! sein Geist! (sinkt nieder.)

Erl. Meine Mutter!

Soph. Gott! Gott! (springen zu ihr hin.)

Schlenzh. (setzt geschwind den Fritz nieder.) Was giebts? was ists? Ach ohnmächtig? (zu Erlau.) Hast gewiß alles verrathen?

Erl. Nicht ich! Sie selbst, bester Vater! Sie!

Schlenzh. Kann seyn. Im Uebermaaß der Freude, kann seyn; weiß ich doch selbst nicht, wo ich war, was ich that.

Fr. v. Erl. (schlägt die Augen auf.) Wars ein Traum? oder bist du es? bist du es?

Schlenzh. Ich bins! Ich bins! Dein Mann! — zwar schon selig, aber noch kein Geist.

Fr. v. Erl. Gott sey gelobt! Du hast mir ihn wieder gegeben! — o mein Franz! (an seinem Halse hängend.)

Schlenzh. Hilf, mein Sohn! daß ich mich setze! mir wird ganz schwindlicht —

(Sie geben ihm einen Stuhl, Fr. v. Erlau umarmt ihn,
die andern knieen um ihn) O Gott! laß mich jezt
sterben, vergnügter kann ich nicht sterben.
(nach einer Pause) Habt ihr keinen Mahler? —
holt einen, so will ich mich mahlen lassen,
und wenns tausend Thaler kostet.

**Fr. v. Erl.** Aber sag mir nur, bester
Mann! wies möglich ist, daß du noch lebst?
Ich kanns gar nicht begreifen.

**Schlenzh.** Und ich eben so wenig, wie
du noch lebst? haben mirs ja mehr, als
Zwölfe versichert, daß dich ein feindlicher
Husar, indem du dich mit dem Buben retten wollen, niedergehauen hätte.

**Fr. v. Erl.** Nicht mich, unsre Magd, die
den kleinen trug, wurde das Opfer der feindlichen Wuth. Ich sprang nach ihr aus dem
Hause, fand das Kind liegen, nahms zu mir,
ward gefangen, und mit nach Hannover ge-
schleppt.

**Schlenzh.** Aber wie kömmst du denn
hieher?

**Fr. v. Erl.** Dein Lieutenant, der mit uns
gefangen ward, sagte mir, daß du an seiner
Seite erschoßen worden. Noch mehr; wir
lasen dich 4 Wochen drauf in allen Zeitun-
gen in der Todenliste.

**Schlenzh.** Und leb doch noch. Sieh mich nur recht an! kennst du denn deinen. Franz nicht mehr?

**Fr. v. Erl.** O ja, nun wohl! Aber diese Schrammen im Gesicht, die machen dich so unkenntlich.

**Schlenzh.** Diese erhielt ich eben bey der Affaire, wo du mir geraubt wurdest. Ich ward tod vom Platz getragen. Das war die Ursach von dem Gerücht meines Todes — doch weg damit. — Freu dich jetzt, Mütterchen! Ich bin General! habe Güter, Vermögen — du sollst gute Tage haben! — Aber sag, warum du nicht zurückkehrtest in unser Land? was machst du denn hier.

**Fr. v. Erl.** Was soll ich denn in deinem Lande machen? Ueberzeugt von deinem Tode! überzeugt, daß dein König keiner Officierswittwe Pension giebt, fiel mirs ein, daß ich hier einen alten Vetter hätte, ich reißte zu ihm, ward willig aufgenommen. Unser Fritz kam durch seine Vermittlung ins Cadettencorps, und als nachmals unser Vetter starb, ward er unser Vater, und hat uns reichlich ernährt.

Schlenzh. Aber, daß ich den Lieutenant und die andern, die mit dir gefangen waren, nie wieder gesehen habe. —

Fr. v. Erl. Sie nahmen ja alle englische Dienste und giengen nach Amerika!

Schlenzh. O die Bärenhäuter! wollt ich doch, daß sie alle ersoffen wären! Pfui! Ihrem Könige untreu zu werden, und mir meine Freude so lange zu entziehen? Sie sind gewiß alle ersoffen.

Fr. v. Erl. Aber sag mir nur, wie du hieher kömmst?

Schlenzh. Ja, da haperts! das will nicht heraus! Es ist weit mit mir gekommen, daß ich mich in meinem Alter vor Weibern schämen muß. (zu ihr) Frag nur unsern Fritz! (vor sich) Der Bube wirds doch so einrichten, daß sein Vater mit Ehren dabey besteht.

Fr. v. Erl. Nun, Fritz! so rede.

Sophie. Liebster Mann, ich steh und staune. Befriedige doch unsre Neugierde.

Erlau. Er ward — (in Verwirrung.) Er ist da, um wegen der Auswechselung der Gefangenen mit unserm König zu sprechen.

Schlenzh. Nein, nein! sags nur gerade heraus! Ich bin ein Gefangener, bin ge-

ftern — — Da seht, obs möglich ist! — der
Bube da hat mich gestern gefangen genommen.

**Fr. v. Erl.** Wie Fritz! ists wahr?

**Soph.** Ists möglich? Du hättest dich so
tapfer gehalten?

**Fr v. Erl.** Habs ja immer gesagt, daß
er der Trost meiner alten Tage seyn würde!

**Soph.** O mein Erlau! tapferer Mann!

**Fr. v. Erl.** Mein Sohn! mein Fritze!

**Fritz.** O mein lieber Papa! umarmen alle
drey den Erlau.)

**Schlenzh.** (bey seite gehend) Hm! das ist
wieder zu viel. — Liebkosen und drücken den
Buben da, weil er seinen alten Vater gefangen hat, und mich lassen sie da solo stehen —
es ist nicht erlaubt! Komm du wenigstens
zu mir, kleiner Enkel!

**Fritz.** (zu Schlenzh.) Gelt! mein Papa ist
ein ganzer Soldat? hast dich vor ihm ge-
fürchtet? Ja, wenn du dich nicht ergeben
hättest, er hätte dir den Kopf abgehauen.

**Schlenzh.** Immer besser! immer besser!
bin nun gar der Kinder Spott geworden! —
du kleiner Spitzbube! geh weg! bist mein
Enkel nicht!

**Fritz.** Ich habs ja so böse nicht gemeint.

**Schlenzb.** Nun, nun! geh wieder her! geh her! wo hast du deine Husaren? wollen mit einander Bataille spielen.

**Fritz.** Aber ich muß gewinnen!

**Schlenzb.** Nein, Bube! Ich muß gewinnen! Ich lasse mich nicht mehr gefangen nehmen, auch im Spaße nicht, auch von dir nicht. Komm her, wenn du Herz hast! komm her, wenn du Kourage hast!

**Fritz.** Warum nicht? o ich kann auch fechten. (bittend zu Erlau.) Leih mir deinen Degen, liebster Papa, ich will mit dem Großpapa fechten. —

**Erl.** Nein, Kind! der ist zu scharf für dich.

**Fritz.** Nun so fechten wir mit Stecken. Ich kanns perfekt.

**Schlenzb.** (Küßt ihn) Bist mein Enkel! bist mein Blut! — Ihr alle, Ihr alle seyd mein.

**Fr. v. Erl.** Mein Bester! Ich kann mich noch gar nicht an die Freude gewöhnen, dich wieder zu haben.

**Soph.** (zu Schlenzb.) Und mit mir haben Sie noch kein Wörtchen gesprochen? (zu Erlau) Komm! hilf mir bitten, Fritz! daß er mich zu seiner Tochter annimmt, daß er unsre Heirath billigt.

**Schlenzh.** Die hat schon der Pfarrer gebilligt, und so kann ich nichts dawider haben. Im Ernst, Sie gefallen mir, Frau Tochter! Sie gefallen mir.

**Soph.** Tausend Dank, bester Vater! (küßt ihm die Hand.)

**Schlenzh.** Wie mich das entzückt! wie mirs, altem Mann, wohl thut! da, meine Hand drauf. Sie sind meine liebe Tochter. Geh her, Sohn! geh her! du hast eine brave Frau. (betrachtet Sie) Schön, bey meiner Seele! schön! aber ihr seyd einander werth; denn, Frau! Sie haben auch einen braven Mann! einen tapfern Mann! hat er nicht den alten General Schlenzheim gefangen genommen?

**Fr. v. Erl.** Schlenzheim! Schlenzheim! du heißt ja Erlau?

**Schlenzh.** Schon lange nicht mehr. Hab mich nach deinem Verlust aus Verzweiflung tapfer gehalten; bin ins Feuer gegangen, wie ein Löwe. Bin Baron und General geworden. — — Ja, ja, liebe Wilhelmine! bist Baroneße! hast Vermögen und Güter mehr, als du glaubst und denkst. O Kinder!

Kinder! das sollen Tage werden! Fest auf
Fest will ich Euch geben, wenn ich Euch nur
einmal bey mir habe.

**Fr. v. Erl.** O Gott! Ich weiß nicht,
was ich sagen soll?

**Schlenzh.** Freuen sollst du dich, Mütterchen! freuen sollst du dich, daß wir beysam-
men sind, daß wir uns wieder haben! — Kinder! freut Euch doch! sezt Euch zusammen!
sagt alles, was Euch eure Zärtlichkeit eingiebt.
Ich wills auch so machen, will da mit meinem Mütterchen, mit meinem wiedergefundenen Weibe kareßiren. Komm her! Wilhelmine! auf meinen Schoos! oder hier an
meine Seite. So! — Hast du Freunde?
hast du Bekannte hier in der Stadt?

**Fr. v. Erl.** O ja, viele, sehr viele.

**Schlenzb.** Schick herum! laß sie alle
einladen! Wir wollen unsre Wiederverein-
gung königlich feyern. Bestell Musikanten,
Trompeten und Pauken; Trommeln und Pfeif-
fen! Wir wollen Ball geben! der alte General wird tanzen! Ja, ja! ich und du wollen
ihn eröfnen und uns freuen, daß wir uns wieder haben.

# Fünfter Auftritt.
## Vorige. Lieut. Bingk.

**Bingk.** Herr Rittmeister! Ich hab ein paar Worte mit Ihnen allein zu sprechen.

**Schlenzh.** Kommt, Kinder! kommt! Kriegsaffairen, die wir nicht wissen dürfen! Ich gehör ja jezt in eure Gesellschaft, hab mich fangen lassen, bin auch ein Weib.

**Fr. v. Erl.** Was solls denn aber seyn?

**Soph.** Bester Mann! Du sollst doch nicht schon wieder fort?

**Fr. v. Erl.** Vielleicht ein Unglück?

**Schlenzh.** O Ihr — neugierig, wie Weiber, und furchtsam, wie Haasen. Was wirds seyn? etwas, das wir nicht wissen dürfen.

**Soph.** Aber Gott! ——

**Erl.** Ruhig, meine Beste! ruhig, gewiß nichts, das dich beunruhigen darf.

**Schlenzh.** Komm Mütterchen! ich will dich führen. (küßt ihr die Hand.) Wie mir das Verliebt thun so schön läßt. (ab mit Sophie, Fr. v. Erl. und Fritz.)

## Sechster Auftritt.

### Erl. Bingk.

**Erl.** Was ist zu Ihrem Befehl?

**Bingk.** Ich bitte um Ihren Degen.

**Erl.** Herr Lieutenant! Sie müssen nicht recht — Ich soll Ihnen meinen Degen geben? Ich? Der Rittmeister Erlau?

**Bingk.** Ja, Sie. Auf Befehl des Herrn Obersten muß ich Sie zum Staab liefern.

**Erl.** Warum? weswegen?

**Bingk.** Die Ursache ist mir unbekannt. Bald nach Ihrer Abreise kam der Befehl, Sie zu arretiren, und ich bekam Ordre, Ihnen mit 10 Mann aufs schleunigste nachzueilen.

**Erl.** Aber ich begreife nicht! Erst heute diesen Orden erhalten! Die Gnade des Königs —

**Bingk.** Es kann vielleicht ein Irrthum seyn.

**Erl.** Dieß muß es seyn; denn ich bin mir nicht das geringste bewußt.

**Bingk.** Um so eher — —

**Erl.** Sie haben recht. Hier haben Sie meinen Degen. Es ist mir nicht schimpflich, in Verdacht gezogen zu werden, weil ich

gewiß

gewiß überzeugt bin, daß meine Gegenwart mich rechtfertigen wird. Wann müssen wir abreisen?

Bringk. Ich habe Ordre so sehr als möglich zu eilen.

Erl. Unbegreiflich. Ich kann mein Verbrechen gar nicht einmal muthmaßen, weiß ganz und gar nicht, was es seyn soll. Doch ich unterwerfe mich dem Willen meiner Obern ohne Murren. Aber eine Bitte, Herr Lieutenant! Meine Frau, meine Mutter werden sich über diesen Zufall nicht trösten können. Sie würden meinetwegen in der größten Besorgniß seyn. Wollten Sie also wohl, um den Meinigen eine Angst zu ersparen, Ihnen meine Arretirung verschweigen? Wir dürfen ja nur vorgeben, daß etwas wichtiges beym Regiment vorgefallen sey, weshalb ich — Himmel, da kommen Sie!

## Siebenter Auftritt.

**Vorige. Frau von Erlau. Sophie. Fritz. Schlenzheim.**

Schlenzh. (noch draußen) Bleibt zurück, Weiber! Ich sag Euch, macht mich nicht toll. Bleibt zurück!

4

**Soph.** (noch draußen.) O mein Mann!
mein Mann! wo soll er hin? Ich muß ihn
sehen.

**Fr. v. Erl.** Sie wollen meinen Sohn
fortführen? (alle herein.)

**Schlenzh.** Tröstet Euch! Ihr jammert
und weint, eh Ihr die Ursache wißt.

**Soph.** O mein Mann! mein Lieber
was ist geschehen? Es ist Wache unten
Man spricht von Arrest. Reiß mich aus
dieser quälenden Ungewißheit! Sag, was ist
geschehen?

**Erl.** Nichts, meine Beste! nichts. Ich
muß nur zum Regiment, es ist was noth
wendiges vorgefallen.

**Fr. v. Erl.** Aber mit Wache? mit Wach

**Soph.** Bester Mann! rede. Ich laß
dich nicht aus meinen Armen. Es mag
seyn, was es will! Er ist gewiß unschuldig.

**Schlenzh.** Sohn! (winkt ihm bey Seit
Sag, was soll das bedeuten?

**Erl.** Ich weiß nicht, mein Vater. Ich
bin, ohne einige Ursache zu wissen, arretirt
und muß zum Staab.

**Schlenzh.** Weißt du dich in etwas schuldig

**Erl.** In nichts, mein Vater!

**Schlenzh.** Ich glaubs! glaubs; denn sonst wärst du mein Sohn nicht. Wer weiß, was es giebt. Im Kriege kommt oft der Unschuldige in Verdacht. Wenn wir nur den Weibern was weiß machen könnten — denn da wirds eine entsetzliche Lammentation geben. — Sag, sie wollen mich abholen — aber das ist ja Ein Teufel!

**Soph.** Ach, er hat deinen Degen! Du bist gefangen? und warum? Seys auch das ärgste, nur laß michs wissen; denn sonst denk ich mir immer noch was schrecklichers, — bester Vater! Sie können vielleicht muthmaßen. Sagen Sie! reden Sie!

**Schlenzh.** Nichts, Frau Tochter, nichts.

**Soph.** Nichts! ach um nichts nimmt man dem Soldaten seinen Degen nicht.

**Bingk.** Wir müssen fort, Herr Rittmeister.

**Schlenzh.** Geh, mein Sohn! geh! Gott sey dein Begleiter! Ich komme dir nach. Der König hat mich zu sich eingeladen! und ich kann also mein Quartier verlassen. Ich hoffe, dich bald unschuldig und gerechtfertiget wieder zu sehen.

Erl. So bin ich denn nur gekommen, un
diesen Armen Kummer zu verursachen. Ic
weiß nicht, wie ich mich von Ihnen loßrei
sen soll.

Schlenzh. Sagen wir Ihnen lieber al
les heraus; es wirds beste seyn. Mütte
chen! dein Sohn — Frau — dein Man
muß fort. Ihr habt recht, er ist arretir
aber die Ursache weiß er selbst noch nic
Er ist aber unschuldig, sonst wär er me
Sohn nicht. Seyd ohne Kummer; sei
Gegenwart beym Staab wird ihn rechtfer
gen; und um Euch bald aus Eurer Unru
zu reissen, werd ich ihm nachfahren, u
Euch von allem und jedem Bericht abstatt
Jezt geh, mein Sohn! geh und rechtferti
dich.

Soph. O mein Mann! du willst fort
ohne mich? Ich geh mit dir; ich muß i
hen, was dir wiederfährt.

Fr. v. Erl. Sohn! Sohn! ich lasse di
nicht fort.

Erl. Lebt wohl, meine Lieben! Ich m
fort, und ohne Euch. Aber wenn ein E
ist, der die Unschuld schüzt, so hoff ich eu
morgen mit desto grösserer Freude wieder i
umarmen. Adieu, mein Kleiner! — (läuft i

nen Sohn.) Weint nicht! Es kommt auch
mich hart an, Euch sobald zu verlassen;
aber — (zu seiner Frau, die ihn nicht lassen will.)
Sey standhaft, meine Beste! Ich seh dich
gewiß bald wieder! Vater! Mutter! Frau!
lebt wohl! — (reißt sich los und will fort — Frau
von Erlau und Sophie hindern ihn.)

Schlenzh. Weiber, je länger ihr ihn auf-
haltet, je mehr verzieht ihr seine Rechtfertigung — und rechtfertigen muß er sich.

Soph. So reise denn, und Gott steh
dir bey.

Schlenzh. Amen! (entblößt sein Haupt. Erlau mit Bingk ab.)

## Achter Auftritt.

Vorige. Ohne Erlau und Bingk.

Fr. v. Erl. O Gott! er ist fort! bester
Mann! ich kanns nicht begreifen.

Soph. Kommen Sie, liebe Mutter! wir
wollen ihm nachsehen, so weit wir können,
und seiner harren, bis er wieder kömmt.

Fr. v. Erl. Ja, komm Tochter! komm!
(laufen ab.)

# Neunter Auftritt.

### Schlenzheim. Frik.

**Schlenzh.** (geht einigemal auf und ab, worauf er sich in einen Stuhl wirft.) Ich weiß nicht, was ich denken soll! aber ich bins ordentlich schon gewohnt, niemals ganz glücklich zu seyn. Will mich da mit meinem Weib und Kindern vergnügen; will fühlen die Freude des Mannes und Vaters, und sieh da, alles wird mir zu Wasser! — Ich fühls, ich muß fort! muß ihm nach! (zu Frik, der im Winkel steht und weint.) Sey still, Kleiner! sey still! ich reis' deinem Vater nach, und bring ihn dir zurück.

**Frik.** Du? o wenn du dieß gewollt hättest, so hättest du ihn nicht fort gelassen. Hast dich nicht mehr lieb, Großpapa — hast einen Degen, und läßt meinen Papa fortführen.

**Schlenzh.** Ach, du kleiner Soldat! (drückt ihn an sich.) Dich möcht ich erst groß, und im Kriege sehn. — Aber weh! mir wird immer bänger. Ich muß fort. — Nun fühl ichs, Vaterforgen sind schwere nagende Sorgen.

## Zehnter Auftritt.

**Vorige. Fr. v. Erlau. Sophie.**
(stürzen herein.)

**Soph.** O mein Vater! Sie führen ihn fort! sie haben ihn auf einen Wagen gesezt; die Reuter umgeben ihn, als ob sie ihn zum Tode führen wollten.

**Schlenzh.** Je mehr ich nachdenke, je weniger begreif ichs. Man muß was grosses argwohnen. Ich muß ihm nach, Kinder! muß hören, wie es geht. Komm ich morgen nicht wieder, so schreib ich Euch. Seyd indeß ruhig. Wimmern und Klagen kann zu nichts helfen.

**Fr. v. Erl.** Du willst uns auch verlassen?

**Soph.** O bleiben Sie wenigstens bey uns! wir vergehn vor Angst, wenn wir allein sind.

**Schlenzh.** Kinder! Er hat vielleicht meiner Hülfe vonnöthen. Ich will zu seinem König gehen, will ihn bitten, meinem Sohn Gerechtigkeit wiederfahren zu lassen. Schuldig ist er nicht, kann er nicht seyn; sonst wär er mein Sohn nicht. — Lebt wohl, kann ich ihm nicht helfen, so will ich ihn wenigstens trösten.

**Fritz.** (vor ihm niederknieend) o lieber Groß-papa! hol mir meinen Papa wieder!

**Schlenzh.** (ihn aufrichtend weggewandt) Das erschüttert! — Weint nicht, Thränen sind so ansteckend, wie Fleckfieber. Kleiner! ich will dir ihn holen. Ich bring ihn dir gewiß — adieu, adieu, bald seh ich Euch wieder.

**Soph.** O kommen Sie bald zurück! Ich komm Ihnen sonst gewiß auch nach.

**Fr. v. Erl.** Bester Mann! Du willst fort von mir?

**Schlenzh.** Will dir deinen Sohn wie-der bringen! Ohne ihn ist ja nichts — nichts. Kein Ball! keine Musik! kein Fest! — Laß mich! Ich bin Vater! sey du Mutter! und tröste hier — indem ich nach Rettung eile. Adieu! ich bring Euch Euren Fritz wieder. (eilend ab.)

**Fr. v. Erl.** Gott sey dein Begleiter! (eilen ihm nach.)

**Ende des zweyten Aufzugs.**

# Dritter Aufzug.
## Lager.

# Erster Auftritt.

### König. Gen. Wangen. Officiere.

**König.** Nun, wie stehts?

**Wangen.** Sie haben nichts retten können. Die Flamme hat alles verzehrt. Was mich aber äusserst wundert, und mir unbegreiflich bleibt, ist, daß es sich wegen des Rittmeisters Erlau nur zu sehr bestättiget.

**König.** Wie?

**Wang.** Er ist würklich der Urheber, wo nicht gar der Thäter des unglücklichen Brandes.

**König.** Nicht möglich! was könnt ihn dazu bewogen haben? — (nachdenkend) der nemliche Rittmeister, der gestern früh — — — unmöglich.

**Wang.** Der nemliche.

**König.** Ist er schon zurück gebracht?

**Wang.** Ja, auch bereits verhört.

**König.** Nun, was besagt das Verhör?

Wang. Daß er schuldig ist. — Gestern erwischten die Husaren einen verkleideten Menschen in der Mühldorfer Heide nah an der feindlichen Grenze, sie riefen ihn an: aber er blieb nicht stehen. Das Dickigt verhinderte sie, ihm zu folgen. Der Unterofficier ließ also Feuer auf ihn geben, und er ward in der rechten Seite verwundet. Ohne Weigern gestand er ein, daß er ein Spion sey, und einen Brief im rechten Absatz seines Schuhes verborgen habe, den er von dem Rittmeister des Blümenauschen Regiments, von Erlau erhalten, und daß dieser Brief wichtige Nachrichten enthalte. Eh er aber noch seine Erzählung vollenden konnte, starb er. Der Brief fand sich, und ward uneröfnet an den General des Cordons, Grafen von Thurneisen überschickt, und dieser hat ihn an mich übermacht.

König. Was enthält der Brief?

Wang. Hier ist er.

König. Lesen Sie ihn.

Wang. (liest) "Mein Herr General! Endlich kann ich Ihnen von dem glücklichen Erfolg meines Unternehmens Nachricht geben. Die Lunte brennt schon, und es müßte ein Wunder seyn, wenn nicht vor 10 Uhr

das Magazin in vollen Flammen ſtünde! Es
hat mich, wie Sie leicht denken können, viel
Mühe gekoſtet. Nächſtens werd ich ſelbſt
bey Ihnen eintreffen, und hoffe, daß Sie
Ihr Wort ſowohl wegen der 10000 Dukaten,
als auch wegen der Majorsſtelle halten werden.
Ich bitte zugleich, es Ihrem Könige vor-
zuſtellen, daß ich, dieſen Streich auszuführ-
ren, bloß aus Vaterlandsliebe über mich genommen habe; denn ich bin, wie ſie ſelbſt
wiſſen, ſein gebohrner Unterthan. Die ſchon
erhaltnen 1000 Dukaten kommen auf Ab-
ſchlag der obigen Summe. Wenn Sie dieſen Brief erhalten, ſo werden Sie auch zugleich die Flamme des Magazins ſehen. Den
Riß von der Veſtung Kingshof werde ich ſelbſt
mitbringen. Ich bin unterdeſſen Ihr be-
wußter Diener.

König. Ein abſcheulicher Brief! und
den hätte ein Officier meiner Armee geſchrieben, den ich erſt geſtern mit einem Orden
belohnte? o Menſchen! Menſchen! Wer kann
Euer Herz ergründen? — Iſt der Brief von
Ihm unterzeichnet.

Wang. Nein. Aber es iſt ſeine Hand
und ſein Siegel. Ich ließ ſogleich ſein Zelt
viſitiren und man fand in ſeinem Koffer den

Riß von der Vestung Kingshof, und die 1000 Dukaten mit Abgang von 120 Stück.

**König.** Und was sagt denn der Ritt, meister dazu?

**Wang.** Er gesteht, daß dieser Brief seine Hand und sein Siegel sey. Allein die That und die geringste Kenntniß davon läugnet er hartnäckig. Den Riß hat er, wie er sagt, vor 6 Jahren schon verfertiget, als er in Kingshof auf Werbung stand, und von dem Gelde will er kein Wort wissen. Doch, da das Pactum so klar, und die im Brief enthaltenen corpora delicti alle da sind, so bleibt leider kein Zweifel weiter übrig.

**König** Ja, ja! er ists. — Aber der Bösewicht ist bey alledem doch ein Räthsel! seine Tapferkeit! — Der Auftritt, als er gestern seinen Vater erkannte —

**Wang.** Daß er tapfer war, und vor der Nacht, in der er sein schändliches Unternehmen ausführte, noch so einen glücklichen Coup machte, läßt sich ganz gut zusammen reimen; denn er that dieß gewiß, um auch den geringsten Schein einer solchen That von sich abzuwenden. Und wer von uns würde auch nur aufs entfernteste ihn

beargwohnt haben, wenn nicht dieſer Brief
alles verrathen hätte.

**König.** Sie haben recht. Sie haben
recht. — Und bekennen will er nichts, ſagen Sie?

**Wang.** Nichts! auſſer das, was er nicht
läugnen kann. Seine Hartnäckigkeit, unge-
achtet der Liebe, die ich ſonſt zu ihm trug,
erbittert mich. In dem Kriegsrecht, das der
Oberſte über ihn halten laſſen, hat man ihm
zum Strick verurtheilt. Alle Officiere bedauer-
ten ihn: da man aber die Beweiſe ſeiner That
vorlegte; ſo wurden ſie über ſeine Verſtel-
lung äuſſerſt aufgebracht.

**König.** Wie hoch beläuft ſich wohl der
Schaden des Brandes?

**Wang.** Ohne die üblen Folgen zu rech-
nen, welche uns daraus entſtehen können —
gegen eine Million.

**König.** Das iſt ſchrecklich! Haben Sie
Befehl geſtellt, das Urtheil zu vollziehen?

**Wang.** Nein, Ew. Majeſt. Ich habe
dem Obriſten befohlen, mit der Vollziehung
des Urtheils noch ſo lange inne zu halten,
bis ich den Vorfall Ew. Majeſtät rappor-
tirt, und höchſt Dero Willensmeinung dar-
über vernommen habe.

**König.** Da die That so klar ist, so folgen Sie blos der Leitung der Geseße. Ich bin Mensch, und wollte gern das Leben eines jeden Menschen gerettet wissen, aber freylich — wenn je einer den Tod verdient hat, so hat ihn Erlau zwiefach verdient. Lassen Sie ihn noch einmal scharf verhören, versprechen Sie ihm eine gelindere Todesstrafe, wenn er alles aufrichtig bekennt; denn mich verlangt wenigstens den Namen des feindlichen Generals zu wissen, der auf solche Art Krieg zu führen sucht. Und bleibt er ferner beym Läugnen, so lassen Sie sein Urtheil nach aller Strenge der Geseße vollziehen. Zum Beyspiel andrer muß er sterben. Was nur sein armer, alter Vater dazu sagen wird!

**Wang.** Er ist im Lager. Sein Flehen hätte mich bald bewegt, ihm den Zutritt zu seinem Sohne zu verstatten; allein ich konnt es nicht wagen: denn nach alle dem geschehenen kann vielleicht Geschichte und Gefangennehmung eine blosse Maske seyn.

**König.** Sie haben recht — oder können es wenigstens haben. Wenn so eine Physiognomie wie des Rittmeisters betrügen kann, so kann auch dieser mit so ehrwürdige Alte

üble Absichten gegen uns haben. Doch, daß
es nicht der nemliche General ist, mit dem
sein Sohn im Verständnisse steht, dafür bürgt
uns der Brief. Vorsicht ist indeß immer
nöthig. Verbieten Sie ihm den freyen Zutritt ins Lager. Weisen Sie ihm ein Zelt
an, und behandeln Sie ihn in allen Stücken als einen Kriegsgefangenen.

Wang. Er fragte mich nach dem Aufenthalte Ew. Majestät! Vielleicht wird ers versuchen, Gnade für seinen Sohn zu erflehen.

König. Sollt er kommen, so lasse man
ihn vor. Der Greis hat mich zu sehr gerührt, als daß ich ihn ungehört verdammen
sollte. Auch ist er nicht mein Unterthan. —
O mein Freund! wie wohl ich nie Vater
war, so kann ich mir doch den Schmerz eines
Vaters, den man seinen erst wiedergefundenen
Sohn raubt, lebhaft gedenken. Ich will seine
Gesinnungen auszuforschen suchen, und find ich
ihn unschuldig; so hat der Befehl, den ich Ihnen vorhin seinetwegen gab, keine Kraft.

Wang. Ew. Majestät denken, wie ein
König denken muß. Verlangen Ew. Majestät Nachricht von dem Verhör?

König. Wänn er etwas bekennen sollte,
sonst nicht. (Banzen ab.)

## Zweyter Auftritt.

### König. Lieut. Bingk.

**Bingk.** Der gefangene General Schlenzheim bittet um die höchste Gnade einer Au-
dienz.

**König.** Er soll kommen. (Bingk ab.)

---

## Dritter Auftritt.

### König. Schlenzheim. Officiere.

**Schlenzh.** Ew. Majeſtät, ich kom-
me! — — (Thränen verhindern ihn zu reden) —
Ich muß mich ſchämen, bin ſo ein alter
Soldat, und kann nichts, als weinen. —
Aber es iſt mein Sohn! mein Sohn! und
der Name Vater macht das Herz des Man-
nes ſo fühlbar, ſo weich. (kniet nieder.) Gnade,
Ihro Majeſtät, Gnade!

**König.** Stehen Sie auf! Sie kennen
die Kriegsregeln; und wenn ſie das Verbrechen Ihres Sohnes wiſſen, ſo müſſen Sie
ſich ſchämen, um Gnade für ihn zu flehen.

**Schlenzh.** Ich weiß alles, alles! Aber
Ew. Majeſtät! Ich bin Vater. Der Vater
kann allemal bitten, und der König kann
allemal

allemal verzeihen. Der Vater schämt sich
nie, am wenigsten da, wo es um das Leben
seines Kindes zu thun ist. Zwar die Beweise seines Verbrechens sind, wie ich höre,
sehr klar; aber mein Sohn kann nicht schuldig seyn, sonst wär er mein Sohn nicht —
Und das ist er, Ew. Majestät! das ist er!
mein Herz sagt mirs zu deutlich! Er ist mein
Sohn!

**König.** Der tugendhafteste Vater kann
oft den lasterhaftesten Sohn haben. Es
giebt Beyspiele — und daß Ihr Sohn solch
ein Beyspiel ist, bin ich beynahe überzeugt.

**Schlenzh.** O nein, Ihro Majestät! o
nein. Mein Blut ist gut, und so sehr konnte
ichs nicht verläugnen. Ich bin 77 Jahre
alt, war stets Soldat, habe 17 Wunden, freylich nicht im Dienste Ew. Majestät! aber
die Verdienste eines Kriegers werden doch
überall geschäzt. Mein Sohn hat sich stets
tapfer gehalten, und jezt soll er — — ich
mags nicht aussprechen — Jezt soll er ein
Bösewicht seyn.

**König.** Die Beweise sind zu deutlich.

**Schlenzh.** Also ist keine Gnade zu
hoffen.

5

**König** Keine! So schwer mir's auch wird, Ihnen das zu sagen, keine! Ich muß strafen, ich muß.

**Schlenzh.** (Kniet vom neuen wieder) Nun, k erbarm dich, König aller Könige! Vater in Himmel! erbarm du dich meines Sohnes, und schenk ihm, wenn er vor deinen Thro tritt, ewige Gnade! Mir altem Kriegsknech aber gieb Standhaftigkeit, so viel Leiden zu ertragen. (Steht auf.) Ich danke Ew. Majestä für die hohe Gnade, mich angehört zu ha ben. Ich bitte nun nicht mehr um sein L ben, denn wenn er unschuldig leidet, so wi ihm schon der Ewige seine Martern belo nen! Er mag sterben, aber nur nicht dur die Hand des Henkers! Erbarmen s Ew. Majestät eines armen Greises! J müßte mir die paar grauen Haare, die i in meine Gruft mitnehmen wollte, vor Jam mer ausraufen; ich müßte verzweiflen, wen ich meinen Sohn auf dem Rade erblicke sollte! o bey dem blossen Gedanken schau derts mich — alle meine Wunden fang mich an zu stechen und zu brennen. B Gott! ich bin unschuldig — habe keine auch nicht den entferntesten Theil an de Verbrechen. Aber Ew. Majestät tödten mi

mit ihm, und machen mich zu einem unschuldigen Schlachtopfer.

König. Sie verlangen viel, sehr viel!
Aber Ihre Bitte sey Ihnen gewährt. Er
sterbe durch die Hand seiner Cameraden.

Schlenzh. Und ich darf ihm diese Gnade
seines Königs hinterbringen? Darf ihn vor
seinem Tode noch einmal sprechen?

König. Auch das sey Ihnen zugestan-
den! Aber bloß aus Achtung für Sie, mein
lieber Alter! Merken Sies wohl, bloß aus
Achtung für Sie! (mit verbißnem Unwillen) Denn
Ihr Sohn hats nicht um mich verdient!

Schlenzh. (küßt ihm die Hand) Dank, Ew.
Majestät! Dank! Ich habe keine Worte
mich auszudrücken. — Freylich die Beweise
sind klar — und Ew. Majestät sind gnädig,
sehr gnädig! aber glauben Sie, Sire, er
ist dennoch unschuldig. Ich hab dessen zwar
keinen Beweis, gar keinen! aber mein Herz
sagt mirs! — Hm! mag er doch immer
sterben! Kugeln fürchtet kein Soldat. Mein
Sohn auch nicht; denn er nahm mich gefangen! — Freu dich, Fritz! du stirbst den Tod
eines Soldaten, zwar nicht gegen den Feind —
aber stirb nur! stirb! dein König wills! und
dein König ist ein guter König — er kann

nichts Böses wollen! (nach einer Pause) Sehen
Ew. Majestät hieher! meine Thränen sind
vertrocknet. Nun eil ich, meinem Sohn die
Nachricht zu sagen. Nochmals Dank, den
wärmsten Dank eines Vaters! (geht.)

**König.** (gerührt) Kann so ein Vater ei=
nen solchen Sohn haben?

**Schlenzh.** (wieder zurückkommend) Ew. Ma=
jestät haben gewiß grossen Schaden bey dem
Brande des Magazins gehabt; das schmerzt
mich — weil mein Sohn — mein Sohn
diesen Schaden verursacht haben soll. Ich
bin reich, Ew. Majestät, hab viele Güter
alles will ich verkaufen, will zahlen, was ich
kann. — Denn ich brauche nichts mehr, da
ich keinen Sohn mehr habe. Zwar noch Fa=
milie, zwar noch einen Enkel! aber die sol=
len nicht die Schande des Vaters tragen.
Was mich betrift, so fühl ichs; ich bin un=
fähig, noch länger zu dienen. Die Thränen
um meinen Sohn sind beissend — sie wer=
den mich blind machen. Giebt mir denn auch
mein König keinen Gnadengehalt, so ist mir
doch nicht bange. Meine alte Frau nehm
ich an die Hand; meines Sohns Wittwe
an die Andere; einen Sack auf den Rücken
und so geh ich durchs Land — geh betteln

O es wird ja noch mitleidige Herzen geben,
die einem armen Greis, dem der Schmerz
über seinen Sohn Augen und Vermögen geraubt, ein Stückgen Brod zuwerfen werden.

**König.** Guter Alter! Sie rühren mich
aufs lebhafteste! Hätt Ihr Sohn meine Per-
son beleidiget, hätte er mir nach dem Leben
gestanden — er sollte um Ihretwillen frey
seyn; aber ich kann nicht — bey dem Gott,
der einst mein Richter seyn wird, ich kann
nicht. Und nun glaube ich genug gethan zu
haben. Sind etwa die Beweise nicht klar?

**Schlenzh.** Für seine Richter klar; aber
für das Herz eines Vaters noch sehr dunkel. Doch ich bitte jezt nicht mehr um sein
Leben — nur um die Gnade, mein Vermögen zur Schadloshaltung anzunehmen.

**König.** Sie beleidigen mich, Schlenzheim! Ich habe kein Recht auf ihr Vermögen! Der Schaden beträgt eine Million —
auch nur das Andenken davon sey Ihnen ge-
schenkt. In meinem Reiche soll Ihrer Familie deswegen kein Vorwurf gemacht werden.

**Schlenzh.** (mit starrem Entsetzen) Eine Million? eine Million? (indem er sich die Haare rauft,
und dann eine Weile starr und betäubt zur Erde blickt)
Hm! hab geglaubt, daß es mir nie an Ver-

mögen fehlen kann! — aber so viel — so
viel — o Sohn, Sohn! wenns möglich wäre,
daß du — — Nein! es kann nicht seyn, und
wenns wäre, so darfs wenigstens dieser alte
blessirte Kopf nicht denken. (geht ab.)

## Vierter Auftritt.

### König.  Bingk.  Officiere.

**König.** Man soll den General, der eben
von mir gieng, zu seinem Sohn führen, und
beide sich ungehindert sprechen lassen. Dem
Obristen melden Sie zugleich, daß ich die
dem Rittmeister Erlau im Kriegsrechte zuer-
kannte Todesstrafe gemildert wissen will, und
ihn zur Arquebusirung begnadige. Man soll
mir hiernächst die Vollziehung des Urtheils
melden. (ab.)

## Fünfter Auftritt.

Rittmeister Erlau wird vom Verhör zurück mit Wache umgeben ins Zelt geführt — Sophie läuft mit Fritz an der Hand ihm nach, und kniet mit ängstlichem Händeringen vor der Wache, die aber fortgeht. Hernach ein Officier, Lieut. Bingk.

**Sophie.** Habt Erbarmen! um Gottes willen! laßt mich mit meinem Mann sprechen! o meine Herren! nur einen Augenblick.

**Wache.** Zurück! zurück!

**Erlau.** (zu seiner Frau) Leb wohl! meine Beßte! und sey ruhig. (Wache führt ihn ins Zelt. Sophie will ihm nach, wird aber verhindert.)

**Officier.** (aus dem Zelt kommend) Wer sind Sie? was wollen Sie, Madam?

**Soph.** Ich bin die Frau des Rittmeisters Erlau und beschwöre sie bey allem, was Ihnen heilig ist, mich nur einige Augenblicke mit meinem Mann reden zu lassen. Ich höre, er soll sterben. Ich muß, ich muß ihn sehen! Ich geh nicht weg von hier, ich scheue keine Drohungen — auch den Tod scheu ich nicht. Hier will ich knieen, und nicht eher aufstehen, als bis Sie mich mit Ihm sprechen, Ihn mir nur sehen lassen. Haben Sie

Erbarmen mit meiner Verzweiflung — Erbarmen mit diesem armen Kinde und seiner Mutter.

**Offic.** Ich kann nicht, Madam! ich darf nicht. Sein Verbrechen ist zu groß.

**Soph.** O mein Herr! Sie können! Sie können! wenn Sie Barmherzigkeit und Mitleiden haben wollen.

**Offic.** Es ist die strengste Ordre, niemand zu ihm zu lassen, wer es auch sey. — Gehen Sie nach Hause, Madam! Sie können ihm doch nicht helfen; Sie werden nur seinen Tod verbittern, der unvermeidlich ist.

**Soph.** Seinen Tod? — unvermeidlich! was hat er denn begangen, das den Tod verdient? was? was? O gewiß, mein Mann ist unschuldig! — Sagen Sie, welches Verbrechens beschuldiget man ihn? Ich muß es wissen! Nur drey, nur zwey, nur eine Minute lassen Sie mich mit ihm reden, damit ich ihm nur das letzte Lebewohl sagen, ihn nur um seinen Segen für dieß Kind bitten kann. Ich geh nicht weg von hier; ich muß — ich muß ihn sehen.

**Fritz.** O lieber Herr! lassen Sie mich zu meinem Papa gehen.

**Soph.** Wenn dieß Sie nicht rührt, so müssen Sie kein menschlich Herz haben.

**Offic.** Sie bitten vergebens. Ich habe Ordre, und darf sie, ohne mich selbst unglücklich zu machen, nicht übertreten. Sie müssen sich an Höhere wenden, als ich bin. Gehen Sie zum König; er ist der gnädigste Monarch. Dort werden Sie vielleicht mehr ausrichten; ja, ich wollte Ihnen beynahe für die Erlaubniß stehen, Ihren Mann sprechen zu dürfen.

**Soph.** Zum König? — — Ja, ja; zum König will ich! will ihn bitten, will flehen. Der wird die Thränen einer Gattinn nicht verschmähen — Dank Ihnen, tausend Dank, mein Herr! Komm Fritz, zum König! Du mußt ihn bitten, mußt ihn um das Leben deines Vaters flehen — Nur sagen Sie mir noch: wo tref ich ihn, wo find ich den König?

**Offic.** Gerade durch diese Reihe Zelter hindurch. Schon in der Mitte werden Sie sein Zelt von ferne sehen.

**Soph.** Wie lange hat mein Mann wohl noch zu leben?

**Offic.** Noch eine Stunde.

**Soph.** Noch eine Stunde? Gott erbarm dich unfer! — (ängstlich) zum König! zum König! (will fort.) Ach, dieß Kind des Kummers darf ich nicht zurück laſſen. Dein Anblick ſoll ſein Herz zum Mitleid ſchmelzen. (nimmt das Kind auf die Arme) Streck dieſe unſchuldige Arme bittend aus, wenn ich mit dir durchs Lager laufe, fleh jeden Soldaten an, ſich mit uns zu vereinigen, und um das Leben ſeines tapfern Kameraden zu bitten. Komm, komm!

---

## Sechſter Auftritt.

### Vorige. Schlenzheim.

**Soph.** (fällt Schlenzheim um den Hals) Ach, beſter Vater! bringen Sie Troſt? Haben Sie Hülfe für Ihren Sohn?

**Fritz.** O lieber Großpapa! Sie wollen mich nicht mit meinem Papa reden laſſen.

**Schlenzh.** (beſeite) Nun, das hat noch gefehlt! Wo ſoll ich alter Mann Standhaftigkeit hernehmen? (laut) Was wollt ihr hier?

**Soph.** Mein Herz ſagte mir alles, was hier vorgieng. Ich konnte nicht länger blei

ben. Ich mußte Ihnen folgen. — Mein
Mann soll sterben; o kommen Sie! — (will
ihn fortziehen) Kommen Sie mit zum König!

**Schlenzh.** O ich war schon da.

**Soph.** Und bringen Gnade? o reden
Sie! sprechen Sie doch! — Mein Mann
hat Gnade?

**Schlenzh.** Ruhig, Frau Tochter! ruhig!
Es wird alles gut gehen. — Wo ist meine
Wilhelmine?

**Soph.** Sie wollte mit, allein ich bere-
dete sie, zu Hause zu bleiben, und meiner zu
warten.

---

## Siebenter Auftritt.

### Vorige. Lieut. Bingk.

**Bingk.** (zu dem Officier) Herr Lieutenant,
der König hat befohlen, den Herrn General
ungehindert mit seinem Sohne sprechen zu
lassen.

**Offic.** Recht wohl.

**Soph.** Sie dürfen ihn sprechen? ihn
sehen? — Ich doch auch? (zu Bingk) O bißer

Herr! ich bin seine Frau, dieß ist sein Kind. Wir dürfen ihn doch auch sprechen, o ja, o ja!

**Bingk.** Auch Sie können ihn sehen.

**Soph.** (zu Schlenzheim) So kommen Sie, kommen Sie! — o ich will mich um seine Kniee schmiegen, will ihn fest halten — daß der Tod selbst uns nicht trennen soll.

**Offic.** Erlauben Sie, daß ich ihn erst vorbereite.

**Lieut. Bingk.** Wo tref ich Ihren Obristen?

**Offic.** In seinem Zelt.

**Lieut. Bingk.** (zu Sophie und Schlenzheim) Der Himmel tröste Sie. Leben Sie wohl. (ab.)

**Soph.** (zum Officier) Gehen Sie, gehen Sie! sagen Sie ihm, daß ich nach seiner Umarmung lechze, daß ich die Erlaubnuß habe, ihn zu sehen. Eilen Sie ja; jede Minute ist kostbar. (Officier ins Zelt ab.)

## Achter Auftritt.

### Sophie. Fritz. Schlenzheim. Hernach Erlau.

**Soph.** Ich kanns kaum erwarten, ihn an dieß Herz zu drücken! — o mein Vater! was hat denn mein Mann verbrochen, daß man ihn tödten will?

**Schlenzh..** Sey ruhig! und wenn du ihn gesprochen hast; so reise nach Haus, tröste deine Mutter.

**Offic.** (aus dem Zelt) Kommen Sie, Madame! kommen Sie!

**Erlau.** (halb ausserm Zelt) Meine Beste!

**Soph.** läuft ihm entgegen) o mein Mann! mein bester Mann!

**Fritz.** Lieber, lieber Papa! (gehen ins Zelt.)

**Schlenzh.** (bleibt, und sieht ihnen nach) Das alles bringt mir noch den gewissen Tod! — Ist er unschuldig, oder ist ers nicht? Sollt ich würklich einen Verräther seines Königs in ihm finden? pfui, pfui! Es läßt sich nicht denken — wenigstens von seinem Vater nicht. Da steh ich, grüble, sinne — und habe doch Trost, grossen Trost für ihn. Wie? hartherziger Vater! und den brachtest du ihm nicht?

o ich muß eilen, ihn tröſten, ihm beyſtehen im lezten Todeskampf. Sein Leben überlaß ich dir, Vater im Himmel! mach dus mit ihm, wie dirs gefällt! Dir übergeb ich ihn. Sey du dort wenigſtens ſein Vater — wenn ichs nun bald nicht mehr ſeyn werde. (ab.)

(Ende des dritten Aufzuges.)

# Vierter Aufzug.
## Lager.

## Erster Auftritt.
### Erlau. Sophie. Friß.

Erlau. Faß dich, Theuerste! faß dich! du siehst, ich bin nicht zu retten. Denk, beste Sophie! daß du um dieses armen Kindes willen leben mußt. Meine Unschuld wird an den Tag kommen, wenn anders der dort oben Gerechtigkeit liebt, und dann werdet Ihr ungehindert und ohne Schande um Euren Freund weinen können. Ist verlaß mich; ich bin keine Minute mehr sicher, abgeholt zu werden. Ich bin zwar vorbereitet, ausgesöhnt mit meinem Gott; denn wehe dem Soldaten, der täglich den Tod vor Augen hat, und mit Verbrechen beladen ist! Aber doch muß ich einige Augenblicke allein seyn, hernach würde es mir zu schwer werden, mich von Euch zu trennen.

**Soph** Nein, ich verlaß dich nicht! Ich darf mich nicht von dir trennen. Wer sollte dir in deinem lezten Todeskampfe beystehen, wenn deine Frau dich verliesse. Ich habe geschworen, am Altar geschworen, Kreuz und Leiden mit dir zu tragen, und ich wills halten, will standhaft seyn, ohne zu klagen, ohne zu weinen. — Nur laß mich bey dir bleiben.

**Erl.** Mein Sohn, mein lieber Friz! (legt seine Hände auf sein Haupt) Gott segne dich, mein Sohn! und gebe, daß meine Unschuld bald entdeckt werde, damit du meinen Namen mit Ehren tragen kannst. — — Geh, geh mit deiner Mutter nach Hause, und bett für deinen Vater, daß er seinen Kampf glücklich vollende.

**Soph.** Nein, nein! ich kann dich nicht verlassen. Die Unruhe, ob du gerettet würdest, oder nicht, würde mich statt deiner tödten. Ich bleibe. — Es geschehe auch, was da wolle. Ich bleibe.

**Friz.** Geht denn Papa nicht mit uns?

**Erl.** Ja, ja; ich komme dir schon nach — (weggewandt) o das ist hart, sehr hart! — so unschuldig, wie ich, ist gewiß noch keiner gestorben. Ich kanns nicht begreifen, nicht fassen. — Aber, Herr! dein Wille geschehe!

**Soph.**

**Soph.** Kannſt du denn gar nichts zu deiner Rechtfertigung vorbringen? Iſt denn alles wider dich? kannſt du den falſchen Ankläger gar nicht einmal muthmaſſen? wenigſtens nicht einigen Aufſchub begehren? — Es muß ja doch endlich entdeckt werden, wer der Urheber dieſes abſcheulichen Unternehmens iſt.

**Erlau.** Die Beweiſe gegen mich ſind ſo ſtark, daß ich, wär ich Richter, mich ſelbſt verdammen würde. Man hat ſogar die 1000 Dukaten, deren in dem Brief Erwähnung geſchieht, in meinem Koffer gefunden, aber wie ſie hinein gekommen ſind, und wer den Brief geſchrieben hat, das weiß Gott!

**Soph.** Das muß ein Teufel, es muß jemand ärger, als der Teufel ſeyn.

**Erlau.** Mein Wachtmeiſter, der geſtern deſertirt iſt, und den ich zu mir nahm und ſchreiben lernte, wär der einzige geweſen, der meine Hand nachzumachen gewußt hätte. Aber doch — nein! ſo undankbar und gottlos hätt er nie gehandelt, obwohl er Eid und Pflicht vergeſſen, und mein bisheriges Zutrauen täuſchen konnte. Dieſer Umſtand ſey indeß wie er wolle, ſo ſchien er mir doch zu

6

unbedeutend, um davon im Verhör einigen
Gebrauch zu meinem Vortheil zu machen.

**Soph.** Doch hättest du es thun sollen.—
Bester, liebster Mann! wärst du doch nie
Soldat geworden! (blickt schüchtern um) Gott,
wie ich bey jedem Geräusch, das ich höre,
erzittere! — Wo nur der Vater bleibt?

**Erlau.** Er sucht Hülfe für seinen Sohn,
die er aber nicht finden wird. O ich habe
dem guten Vater viel zu danken! Durch seine
Hülfe genieß ich das Glück, durch die Hände meiner Kameraden zu sterben. Ein Glück,
für das ich ihm nicht genug danken kann.
(sieht nach der Uhr.) Weib meines Herzens, wenn
du mich je geliebt hast, wenn du mich in
den letzten Augenblicken meines Lebens noch
liebst, so verlaß mich jetzt! die Stunde rückt
heran, und sieh, bestes Weib, es wird dir
zu schwer fallen mich zum Tode führen zu
sehen.

**Soph.** Um eben dieser Liebe, um eben
dieser Freundschaft willen, bitt ich dich, laß
mich bey dir. Sieh, ich will ruhig, zufrieden und gelassen seyn, wenn ich bey dir
bleibe — Ach, immer noch ist mirs, wie ein
Traum, aus dem ich mich zu erwachen be-
mühe und doch nicht erwachen kann.

**Erl.** Ich war zu glücklich, zu stolz, um nicht gedemüthiget zu werden. Ich besaß die Gnade meines Königs, fand meinen Vater, hatte Euch, meine Lieben! und nun — nun! (sieht auf die Uhr) Nur noch 2 Minuten und sie kommen! sie kommen, mich hinzuführen zum Tode, den ich nicht verdient habe! o daß mich lieber eine Kugel im Dienst meines Vaterlandes getödtet hätte! aber mein Schicksals wills — und Unterwerfung ist mein Loos.

**Soph.** Es scheint, als ob sich alles wider uns verschworen hätte! Die Menschlichkeit muß aus diesem Lager geflohen seyn. — Man wollte mich kaum hieher lassen, und wenn ich deinen Namen nannte, so zuckte man die Achseln, und ließ mich ohne Antwort stehen. Niemand achtete die Thränen und das Flehen eines Weibes, die das Leben Ihres Mannes zu retten sucht. Man nennt dich untreu gegen deinen König, einen Verräther gegen dein Vaterland. — Ists möglich? dich, dessen Herz eben so treu für seinen König, als für mich schlägt. Du, du sollst sterben! (mit verändertem Tone) Doch ja! stirb nur! stirb! Du hast mich aller deiner Freuden theilhaftig gemacht, du sollst mich auch nicht hindern, Unglück und Tod mit dir zu theilen.

## Zweiter Auftritt.

### Vorige. Schlenzheim.

**Soph.** Was bringen Sie, Vater des besten, unglücklichen Sohns! was bringen Sie? Leben oder Tod?

**Schlenzh.** Tod, Frau! Tod! Es ist umsonst. Alle Mühe ist vergebens. Der König hat mir den Zutritt versagt. Er muß sterben. Wenn Gott binnen einer Viertelstunde kein Wunder thut, so beweinen wir seinen Tod.

**Soph.** Weh, weh seinen Feinden! Er ist gewiß unschuldig. (auf die Kniee fallend) Blick herab, Vater im Himmel, auf unsern Jammer! habe Mitleiden mit meiner Verzweiflung! — Rette, rette ihn!

**Schlenzh.** Sohn! lieber, erstgefundener, und nun auf ewig verlohrner Sohn! Die Execution rückt schon aus. Man wird kommen dich abzuholen — Komm denn an meine Brust, an dieß Herz, und nimm das lezte Lebewohl! (nimmt ihn bey Seite) Rede jezt aufrichtig mit mir! Sag! hast du gar keine Wissenschaft von dem Unternehmen, um deßentwillen du den Tod leiden sollst. Der Schein ist wider dich. Bedenke, daß du nah

am Rande des Grabes stehest, daß du bald,
sehr bald vor dem Richterstuhl des Ewigen
erscheinen wirst, vor ihm, der dich streng
richten — aber auch, wenn du unschuldig bist,
ewig belohnen wird.

Erl. Vater! ist je nur ein Gedanke von
Verrätherey gegen meinen König in meine
Seele gekommen, habe ich auch nur die entfernteste Wissenschaft von der mir angeschul-
digten That, so möge mir Gott seine Barmherzigkeit in diesen lezten Augenblicken ver-
sagen, möge mich ewig von seinem Angesicht
verstoßen.

Schlenzh. Ich glaub dir, mein Sohn!
glaub dir nun ganz und bin ruhig. Ein
Christ, der an dem Rande des Grabes so
spricht, muß unschuldig seyn. — Hast du in
Ansehung deiner Frau, deines Kindes noch
einige Aufträge, so entdeck sie mir. Ich will
sie als dein Vater getreu und aufrichtig vollziehen. — Was willst du, daß aus deinem
Kleinen werden soll?

Erlau. Was Gott will! dessen Schutz
ich ihn, so wie meine Frau empfehle. Ich
habe mir im Dienst meines Königs nichts
erwerben können; doch hoft ich Ihnen einen
ehrlichen Namen zu hinterlassen, aber auch

ben raubt man mir — Grüssen Sie meine
arme Mutter, und machen Sie es ihr be-
greiflich, daß ihr Sohn nicht als Verbrecher,
sondern unschuldig starb.

**Schlenzh.** Wegen deiner Familie und
ihres Fortkommens sey ausser Sorgen. Ich
habe genug, um sie ernähren zu können.
Mein König wird gewiß meine Bitte um
Abschied bewilligen — und dann reisen wir
auf meine Güter, und warten, bis der mitleidige Schöpfer uns zu dir hinüber führt.
Ich werde bald kommen, mein Sohn; bald,
bald; denn sieh, mein Gebäude war schon
sehr baufällig: eine solche Erschütterung wird
nicht aushalten.

## Dritter Auftritt.

**Vorige. Officier mit Commando, Profos.**

**Sophie.** (Die nebst Fritz bis hieher knieend ge-
blieben, fährt bey Erblickung dieses erschrocken zusammen.)
Ach! sie kommen, sie kommen dich abzu-
holen!

**Fritz.** (dem Officier entgegen) O lieber Herr
Lassen Sie meinen Papa bey mir.

**Schlenzh.** (legt seine Hände auf Erlau) Ge-
segne dich, und stärke dich in deinem S

deskampf. (geseit) Leb wohl! Leb wohl! (gebt weg, und läuft wieder auf ihn zu, und bricht in Thränen aus) Sohn! Sohn! mein Herz bricht mir.

Erl. Meine Besten! Gott segne, Gott behüte Euch.

Soph. Nein! nein! (hält sich an ihn) nur dich, nur dich!

Erl. Vater! nehmen Sie sich meiner an! ich kann mich nicht von ihr losreissen.

Schlenzh. Tochter, Tochter! Hieher zu deinem alten Vater! (Er will sie mir Gewalt von ihm entfernen, wogegen Sophie alle Kraft aufbietet. Erlau tritt bey Seite, in dem Augenblick sinkt Sophie nieder.)

Soph. Nicht von dir! nicht von dir! (Der Profos giebt Erlau den Schlüssel, sich die Ketten aufzulösen.)

Fritz. (weinend) Papa! lieber Papa!

Erl. Lebt wohl, Vater! (fällt in Schlenz beims Arme, blickt zum Himmel) o wie schwer, wie bitter ist diese Trennung!

Schlenzh. Noch einmal! — zum lezten-male mit aller Inbrunst, mit aller Liebe eines Vaters! — und nun adieu! Ich komme dir bald nach. Ich fühls, ich komme dir bald nach.

Erl. Sophie! Fritz! lebt wohl — auf ewig! — sey — der Tugend — (Thränen hindern ihn weiter zu reden; er tritt ins Commando, und geht ab.)

Schlenzh. (weggewandt) Ich muß ihm nach, muß meinen Sohn sterben sehen. (ab.)

Soph. (ermuntert sich) Er ist fort! ohne Lebewohl! ohne seinen Segen! Ich muß ihm nach! — Friedrich, Friedrich! ohne dich giebts kein Leben für mich! Mit dir zu sterben ist Pflicht. (ab mit Fritz.)

---

## Vierter Auftritt.
### Bauernzimmer.
Lieutenant Walldorf von einer, Korporal von der andern Seite.

Korp. Herr Lieutenant! ich habe zu melden, daß wir im Walde nah am feindlichen Verhau einen Officier von Blümenauischen Regiment angetroffen haben. Ich glaube, er wollte desertiren; denn er saß auf einem Baum.

Walld. Ihr habt ihn doch mitgebracht?

Korp. Ja, er ist draußen.

Walld. Laßt ihn herein kommen! (Korporal ab.)

---

## Fünfter Auftritt.

Walldorf. Wachtmeister Zelle. Corporal, nachher Gefreiter.

**Walld.** Wer sind Sie?

**Zelle.** Ich bin Wachtmeister des Blümenauischen Regiments.

**Walld.** Was hat er denn hier zu suchen? er ist ja, wo mir recht ist, schon gestern als Deserteur angegeben.

**Zelle.** Kann seyn, kann seyn.

**Walld.** Und wie kommt er denn zu dieser Officiersuniform?

**Zelle.** Ich stahl sie meinem Rittmeister, um desto besser hinüber zu kommen; aber der Teufel muß wohl sein Spiel mit mir haben. Da laur ich schon in dem Dickicht den ganzen Tag, und eine ganze Nacht, und konnte vor dem Vorposten nicht durchkommen. Wollt, ich hätte mich lieber vom Baum herunterschiessen lassen, als mich gefangen gegeben.

**Walld.** Von welcher Schwadron ist er?

**Zelle.** Vom Rittmeister Erlau.

**Walld.** Nun gratulire! gratulire! wird also seinem Rittmeister bald nachfolgen.

**Zelle.** Wie so? wie so?

Walld. Nun, er wird doch auch wohl um die Affaire wissen, weil er eben so apropos desertirt ist? Sein Rittmeister wird diesen Vormittag erschossen, wenn ers nicht schon ist.

Zelle. Warum das? warum?

Walld. Warum? weil er sichs hat gelüsten lassen, unser grosses Magazin anzuzünden.

Zelle. Wer? der Rittmeister? das hätte mein Rittmeister gethan? Er, er das Magazin?

Walld. Ja, ja, er! er! — 10000 Dukaten und eine versprochene Majorsstelle ist freylich etwas, dem nicht jeder widerstehen kann.

Zelle. Aber woher wissen Sie das?

Walld. Woher? weil der Spion, der den Brief trug, gefangen wurde, weil man 1000 Dukaten, die er auf Abschlag erhalten, und einen Riß von der Festung Kingshof in seinem Koffer fand.

Zelle. Und hats der Rittmeister gestanden?

Walld. Daß du verdammt wirst mit Fragen! — Gestanden freylich nicht; aber was hilfts läugnen, wenn solche Beweise da sind.

Zelle. Nur noch eine einzige Frage, liebster Herr Lieutenant — Ist der Rittmeister schon tod?

**Walld.** Bielleicht! — denn gehört hab
ichs, daß er diesen Vormittag erschossen
wird.

**Zelle.** (fällt auf die Kniee.) Herr Lieutenant!
so bitt ich um Gotteswillen! schicken Sie
aufs eiligste eine Ordonanz ins Lager, oder
lassen Sie mich so geschwind, als möglich,
hinein transportiren. Der Rittmeister ist unschuldig, ganz unschuldig!

**Walld.** Woher? wie so?

**Zelle.** Ich! Ich bin der Thäter! Schicken Sie nur! Schicken Sie nur geschwind.
Ich will Ihnen gleich alles erzählen. Aber
schicken Sie ja geschwind! ich müßte verzweifeln, wenn ein so braver Mann um
meinetwillen sterben müßte.

**Walld.** Wärs möglich? He Korporal!
(Korporal kömmt) lauft, was Ihr könnt, auf die
Mühldorfer Anhöhe; dort steht ein Husaren Lieutenant — Er soll aufs eiligste einen Husaren ins Hauptquartier abschicken,
und sagen lassen, daß man mit der Execution des Rittmeisters Erlau einhalte. Er
ist unschuldig! Hört ihrs, er ist unschuldig! Sein Wachtmeister hier ist der Thäter. Wartet, ich wills Euch aufschreiben.

(ſchreibt geſchwind.) Da, lauft, lauft, denkt, daß
das Leben eines Menſchen dran hängt. (Korporal
eilig ab.) Böſewicht du! wenn der Rittmeiſter ſchon hingerichtet iſt, ſo jag ich dir eine
Kugel durch den Kopf! — He! Gefreiter!

(Gefreiter (kommt) Lauft geſchwind zum
Richter! Er ſoll den Augenblick mit einem
Vorſpannwagen da ſeyn, aber geſchwind; es
hat Eile. (Gefreiter ab.) — Jezt rede, Kerl!
wie iſts möglich, daß der Rittmeiſter bey allen dieſen Beweiſen unſchuldig iſt?

Zelle. Vor ungefähr 14 Tagen, als wir
auf der Grenze auf dem Vorpoſten ſtanden,
ſchickte mich der Herr Rittmeiſter tiefer in
den Wald, um zu ſehen, ob das feindliche
Piquet keine Bewegung mache. Es war
friſch, ich hatte mich alſo in meinen Man-
tel eingehüllt, und wollt eben wieder zurück-
kehren, als mich ein Bauer anredete, und
fragte, ob ich der Herr Rittmeiſter wäre.
Ich ſagte ja, um des Bauern Geſinnung zu
erfahren. Er gab mir einen Brief, in wel-
chem der feindliche General Rohr dem Rittmeiſter ſchrieb, daß er von gewiſſer Hand
wiſſe, er ſey ein gebohrner Unterthan ſeines
Königs. Dieß mache ihn ſo dreiſt, ihm, voll
Vertrauen auf ſeine Vaterlandsliebe, einen

Vorschlag zu thun, der ihn mit Ruhm und Ehre in sein Vaterland zurückbringen könne. Er erwarte vorläufig seine Antwort, und wolle ihm, wenn seine Gesinnungen dem Antrage entsprächen, das Unternehmen selbst, so wie die darauf gesezte Belohnung zu wissen thun. Die Neugierde, worinn dieß Unternehmen eigentlich bestände, und die Hoffnung, mich vielleicht durch die Entdeckung empor zu schwingen, bewog mich, den Bauer auf den dritten Tag wieder an den Ort zu bestellen. Da ich indeß nicht wissen konnte, ob der feindliche General des Rittmeisters Hand schon kenne; so machte ich, als wir von der Wache ins Dorf einrückten, des Rittmeisters Hand genau nach, stahl ihm sein Pettschaft, und als wir wieder auf die Vorposten kamen, übergab ich die Antwort dem Bauer, der schon auf mich wartete.

Walld. Hollunke du! — und was schriebst du ihm denn?

Zelle. Ich bat ihn, mir die Unternehmung zu entdecken, und wenn die Belohnung groß wäre, so versprach ich es auszuführen. Der Bauer brachte mir Nachmittags einen andern Brief, worinn der General dem Rittmeister 10000 Dukaten und

eine Majorsstelle versprach, wenn er unser
grosses Magazin anzünden wollte. Diese an,
sehnlichen Versprechungen reizten mich zu sehr,
und, anstatt alles zu entdecken, nahm ich
mir vor, den Vorschlag auszuführen.   D;
ich von dem Spion hörte, daß der General
den Rittmeister gar nicht kenne, so faßte ich
den Entschluß, · mich für ihn auszugeben,
damit mir die versprochene Belohnung und
vorzüglich die Majorsstelle nicht entgehen
möchte.

**Walld.** Wart, Kerl! wart, sollst bald
Major werden! aber sag mir, wie sind die
1000 Dukaten in des Rittmeisters Koffer
gekommen?

**Zelle.** Es konnten nur ohngefähr 900
Stück seyn. Ich erhielt diese 1000 Duka,
ten zur Ausführung meines Unternehmens.
Das, was abgeht, habe ich verthan. Se,
hen Sie, Herr Lieutenant, ich liebte mei,
nen Rittmeister recht sehr. Ihm hab ich;
zu verdanken, daß ich Wachtmeister bin, und
weil mir sein Name jezt wieder ein so gros,
ses Glück in meinen Augen verschaffen sollte,
so beschloß ich, dieß Geld aus Dankbarkeit
ihm zu schenken. Ich warf es also den Abend
vor meiner Ausführung in seinen Koffer.

**Wallb.** Ein schöner Dank! — Und der Riß von der Vestung sollte vielleicht auch ein Regal seyn?

**Zelle.** Nein. Den hat der Rittmeister selbst 2 mal verfertiget, als er in Kingshof auf Werbung stand. Einmal hab ich ihm solchen gestohlen, und hab ihn hier bey mir, (ziebt ihn aus seinem Stiefel) weil der feindliche General ihn verlangte.

**Wallb.** Wehe dir! wehe dir! wofern dein Bekenntniß schon zu spät kömmt.

**Zelle.** Ja wohl, wehe mir! Auch will ich gern den grausamsten Tod leiden, wenn ich ihn nur rette. O Herr Lieutenant! Ich bin kein verhärteter Bösewicht; aber die große Belohnung — ein falscher Trieb nach Ehre — alles das hat mich irre geführt!

**Wallb.** Und wird dich nun am Galgen bringen, elender Kerl! du hast sehr viel verschuldet! kannsts nicht abbüssen, sondern wirst hier und dort verdammt werden.

# Sechster Auftritt.

## Vorige. Korporal.

**Walld.** Nun, wie ists?

**Korp.** Ist schon fort. Aber der Lieutenant meinte, es würde wohl zu spät seyn.

**Walld.** O so wollt ich — — —

**Korp.** Der Wagen ist auch schon da.

**Walld.** Nun dann! nehmt geschwind
6 Mann und transportirt den Verräther ins
Hauptquartier. Bindet ihn, und werft ihn
auf den Wagen; sezt Euch zu ihm hinein,
und jagt, was Ihr könnt! Wie gesagt,
Kerl! Galgen und Rad sind für dich viel
zu wenig.

**Zelle.** Wills auch gern leiden, wenn nur
mein Rittmeister gerettet wird. (wird abgeführt.)

**Walld.** (ruft hinterher.) Eilt, so sehr ihr
könnt, geschwind führt ihn zu seinem Obristen. (geht ab.)

## Siebenter Auftritt.

Ein freyer Platz, in dessen Hintergrunde zur rechten Seite
der vom Commando bereits formirte Kreis ist.

**Major Saalen. Erlau. Auditeur. Profos. Officiere, nachher Bingk.**

**Maj. Saal.** Herr Rittmeister! Im Namen unsers allergnädigsten Königs bitte ich Sie nochmals, das Verbrechen, dessen Sie überwiesen sind, zu bekennen und zu bereuen. Ich habe Befehl, Ihnen Zeit zu lassen.

**Erl.** Herr Major! ich bin unschuldig: so wahr ich wünsche, daß Gott mir in diesen lezten Augenblicken beystehen möge. Ich bin unschuldig. Versichern Sie Sr. Majestät meine Ergebenheit und Treue, die ich auch in meinem Tode durch meine Unterwerfung unverlezt erhalte. Danken Sie Ihm nochmals für die gnädige Milderung der so harten Todesstrafe. Empfehlen Sie Ihm mein Weib und Kind, und bitten Sie Ihn, daß er Sie dem Schuz meines alten Vaters überlassen möge. — Herr Major! leben Sie auch wohl! — Kameraden! hab ich einen unter Euch je beleidiget, so verzeiht mirs in meinen lezten Augenblicken, aber denkts — glaubts, daß ich unschuldig bin.

**7**

**Maj. Saal.** Sie haben also nichts mehr zu sagen?

**Erl.** Nichts, als daß ich auf das Bewußtseyn meiner Unschuld sterbe.

**Maj. Saal.** Herr Rittmeister! ich habe herzliches Mitleiden mit Ihnen. Ich wünschte, sie retten zu können; aber ich muß. — Verzeihen Sie mir meine Pflicht.

**Erl.** Willig und mit Freuden! (Eine lange und stille Pause. Erlau tritt in den Kreis — der Major giebt den Soldaten einen Wink! indem sie anlegen, geschieht ein Schuß.)

**Maj. Saal.** Ein Schuß! halt! (die Soldaten setzen ab.)

**Offic.** (zur Scene hinaussehend.) Ich sehe Staub! man kömmt die Anhöhe herauf gesprengt. Man bringt vielleicht —

**Maj. Saal.** Daß es wäre! wohl dann mir, daß ich die Execution verzögerte.

# Achter Auftritt.

## Vorige. Schlenzheim. Bingk.

**Schlenzh.** (Noch draußen.) Halt! es ist mein Sohn! hat Gnade! (herein) ist unschuldig, sag ich, braucht keine Gnade! (erblickt den Sarg, den 4 Soldaten wegtragen.) Gott! (sinkt nieder.)

**Bingk.** Halt! Ich bringe Gnade! Der Rittmeister ist unschuldig. Der desertirte Wachtmeister Zelle ist der Thäter. Der Alte riß einen Pagen vom Pferde, schwengte sich drauf, und jagte mir vor.

**Maj. Saal.** Noch einen Augenblick! und es war zu spät, so sehr ich auch gezögert habe.

**Bingk.** (erblickt Schlenzh.) Was seh ich?

**Maj. Saal.** Der Anblick des Sarges — Helfen Sie! (richten ihn auf.)

**Bingk.** Ich eile zum Rapport! (ab.)

**Maj. Saal.** Ehrwürdiger Greis, erholen Sie sich! Ihr Sohn lebt!

## Neunter Auftritt.

**Vorige. Gen. Wangen. Officiere.**

**Wang.** Dem Himmel sey Dank.

**Schlenzh.** (hat sich erholt, sieht alle eine Zeit starr an, drauf zu Wangen.) Haben Sie Erbarmen mit einem alten blinden Greis, der ins gelobte Land wallfahrtet, um seinen Sohn aufzusuchen.

**Wang.** Gott! Gott! Er hat den Verstand verlohren.

**Schlenzh.** Verstand? — O! Verstand hab ich trotz einem Pilosophen! willst ihn kaufen, Freund? geb ihn dir wohlfeil! für ein Bagatelle! ums Leben meines Sohns. (Erlau wird von dem Officier herbey geführt.)

**Wang.** Kommen Sie, helfen Sie Ihrem Vater!

**Maj. Saal.** Herr General! Ihr Sohn lebt!

**Schlenzh.** Mein Sohn war ein braver Junge! hast du ihn gekannt? sprich, wie sah er aus?

**Erl.** Sehen Sie mich an, mein Vater!

**Schlenzh.** Ich kenne dich recht wohl; du nahmst den alten Schlenzheim gefangen.

(betrachtet ihn immer ſtärker.) Nachher ſah' ich dich
beym König — der König ſagte, du wäreſt
mein! o ihr Augen! wenn ihr mich täuſchet!
wenn dieſer mein Fritz nicht iſt — ſo ſchließt
Euch auf ewig! (ſinkt in Erlaus Arme.)

**Erl.** Ich bins, mein Vater, bin ihr Fritz!
Erholen Sie ſich, der Sarg täuſchte Sie.

**Schlenzh.** Das wars — vor dem Zelt
des Königs lag ich — Sophien und. den Kleinen ſchickt ich — man möchte warten — man
rief Gnade! — Fritz! Fritz! — mein Herz
wollte mir die Bruſt zerſprengen.

## Zehnter Auftritt.

### Vorige. Sophie. Fritz.

**Soph.** Gnade! Gnade! — o mein Einziger! (an Erlaus Halfe.)

**Erl.** Theures Weib!

**Fritz.** Habt ihrs gehört, ihr Herren! mein Papa soll leben!

**Wang.** Lange und glücklich, lieber Kleiner!

**Schlenzh.** O meine Kinder! und du dort oben — beten kann ich nicht. Aber ich würde verzweifeln, wenn dir das Innerste meines Herzens nicht bekannt wäre.

---

## Eilfter Auftritt.

### Vorige. König. Gefolge.

**König.** Meine Unruhe war zu groß, um den Rapport abzuwarten. Dem Himmel sey Dank! Ich würde untröstlich gewesen seyn, wenn — (Major Saalen ansehend.)

**Maj. Saal.** Ew. Majestät!

**König.** Wenn Sie die Execution nicht verzögert hätten. Sie handelten unwillkührlich. Der allgerechte Arm der Vorsehung regierte den Ihrigen. Sein Tod, lieber Erlau! würde einen schwarzen Strich durch mein ganzes Leben gemacht haben. Sammle er sich im Schooße seiner Familie; dann komm er zu mir, aber laß er seinen König, (ihm die Hand drückend) seinen Freund nicht zu lange warten, das ihm angethane Unrecht wieder gut zu machen.

**Erlau.** Ew. Majestät!

**König.** Wir werden uns näher kennen lernen. — Sie, würdiger Alter, machten es heute dem Könige ihres Sohnes wegen schwer, in ihren Augen ein gerechter Fürst zu bleiben.

**Schlenzh.** Grosser König! in meinen Augen war er unschuldig, sonst wär er mein Sohn nicht.

**Erlau.** Auch, wenn ich den Tod gelitten, wären Ew. Majestät nichts weniger, als ungerecht gewesen; der Anschein war ganz wider mich.

**König.** Der Bösewicht, der solch Unglück stiften konnte, soll die verdiente Strafe leiden; künftig aber in meinem Reiche nie ein Verbrecher sterben, der nicht freywillig be-

kannte. Von nun an lieber hundert Schul-
dige begnadigt — eh ich einen Unschuldigen
tödte. (geht ab, Wangen und Officiere begleiten ihn.)

**Schlenzh.** Sohn meines Herzens! —
Nun hin zu deiner Mutter! — Noch eins!
Herr Major! haben Sie Bruder?

**Maj. Saal.** Nein, Herr General.

**Schlenzh.** Wohl. Wenn Ihnen einmal
ein Dienst zu leisten nöthig, den Sie nur
von einem Bruder erwarten würden, so gehen Sie zum alten Schlenzheim und er wird
ihn leisten; und ist der hier unten nicht
mehr zu Hause, so klopfen Sie hier an;
er wird Ihr Bruder seyn, sonst wär er
mein Sohn nicht.

**Ende des Schauspiels.**